KB274815

엄마라는 이름으로…

엄마라는 이름으로…
시인 이지윤의 짧은 글―긴 감동

초판 인쇄 | 2007년 01월 05일
초판 발행 | 2007년 01월 10일

지은이 | 이지윤
펴낸이 | 신현운
펴는곳 | 연인M&B
디자인 | 이희정
기 획 | 여인화
등 록 | 2000년 3월 7일 제2-3037호
주 소 | 143-874 서울특별시 광진구 자양동 680-25호 (2층)
전 화 | (02)455-3987, 3437-5975 팩스 | (02)3437-5975
홈주소 | www.연인mnb.com / www.yeoninmb.co.kr
이메일 | yeonin7@chol.com

값 7,000원

ISBN 89-89154-75-8 03810

시인 이지윤의 짧은 글—긴 감동

엄마라는 이름으로…

아이들이 신생아기를 지나면서 제일 먼저 하는 말이 어ㅁ마! 입니다.
엄마라는 말을 아이의 입을 통해 듣는 순간
세상의 수많은 엄마들은 온몸이 환희로 가득 차 오르는 느낌을 받습니다.
그래! 내가 네 엄마야.
너를 위해서라면 그 무엇이든지 할 수 있는 엄마야.
이렇게 속으로 되뇌이며 엄마는 더욱 철(?)이 들어가고, 인생의 깊이를 알게 됩니다.
엄마라는 이름은 숭고하기까지 합니다.
……
……
……

아이들이 상처 입지 않도록 곁에 있어주는 사람 그 사람은
엄마라는 이름을 가진 우리입니다.
……

이 세상에서 가장 아름다운 꽃은 아이들이고
이 세상에서 가장 아름다운 단어는 엄마입니다.

연인 M&B

| 서문 |

자꾸만 뒤돌아봅니다.
그리고
거울을 말갛게 닦아놓고
얼굴을 비춰봅니다.
산다는 것은 어쩌면
罪를 지으며 회개하며 사는 것의
연속일 수 있다고
그 얼굴은 더 깊어진 눈매로 말해 줍니다.
엄마라는 이름으로
과연 나는 어떤 책을
아이들 가슴에 썼는가
써가고 있는가
옷깃을 여미고 생각해 봅니다.
아무리 세상의 파도가 세차도
엄마라는 이름을 가진 사람들은
파도타기를 지혜롭게 하며
아이들이 "아름다운 사람" 으로
성장할 수 있도록 도와야겠습니다.
아이들은 엄마가 쓰는 책입니다.

2006년 12월
이지윤

| 차례 |

봄

여름

가을

겨울

봄

씨뿌리는 사람들의 모습이 아름다운 3월.
콩 심은 데 콩 나고 팥 심은 데 팥 난다는 무서운 진리 앞에
옷깃을 여미게 됩니다.
아이들 마음밭(心田)이 비옥해지기 위해서는
음악과 책과 자연과 그 모든 것들이
교사 역할을 해야 하는 것이지
교육기관에서의 교육만으로는
결코 기름진 마음밭이 될 수 없음을 알아두시기 바랍니다.
봄에 씨뿌리지 않으면 가을에 거둘 것이 없다지요?
한 뼘 땅에라도
씨앗을(콩이든, 팥이든, 맨드라미씨든) 심어 보세요.
봄을 놓치지 마시고……

엄마라는 이름으로……

아이들이 신생아기를 지나면서 제일 먼저 하는 밀이
어ㅁ마! 입니다.
엄마라는 말을 아이의 입을 통해 듣는 순간 세상의 수많은
엄마들은 온몸이 환희로 가득 차 오르는 느낌을 받습니다.
그래! 내가 네 엄마야.
너를 위해서라면 그 무엇이든지 할 수 있는 엄마야.
이렇게 속으로 되뇌이며 엄마는 더욱 철(?)이 들어가고,
인생의 깊이를 알게 됩니다.
엄마라는 이름은 숭고하기까지 합니다.
그런데……
화요일인가 방영된 TV프로에서(TV는 사랑을 싣고)
저는 왠지 눈물이 흐르지 않는 사연을
그저 먹먹한 가슴으로 듣고 있었습니다.
육십이 될까 말까한 강한 인상의 한 어머니가
TV에 나와 아들에게 용서를 비는 장면이 있었습니다.
큰아들과 작은아들 형제를 둔 엄마가
남편의 외도와 폭력으로 집을 나갔고(큰아들이 아홉 살 때)
이십 몇 년인가를 각자 살아오다가
아들을 찾아 용서를 비는 늙은 어머니.
큰아들은 새 엄마의 구박을 견디며 살았고,
아버지가 치매에 걸리자
간호하던 착한 동생은 암으로 죽었으며

큰아들은 고등학교도 다 못 마치고 돈을 벌어야 했다는 이야기.
어린 자기들도 참고 살았는데
왜 엄마는 참지 못하고 나갔을까 의문이라는 아들.
저는 아들은 가엾어서 눈물이 나왔지만
그 늙은 어머니가 가엾다는 생각은 들지 않아
씁쓸한 마음이었습니다.
어떤 경우에도 엄마라는 이름으로 참아야 하는데……
삶의 겨울 선인장처럼 강추위도 견디어야 하는데……
그렇게 버리고 떠났다가 자기도 삶에 지치고
아들도 지쳐 있을 때 비로소 용서를 비는 엄마.
삶이라는 것은 스트레스의 연속이며 하나의 산을 넘으면
또 하나의 산이, 강이 기다리고 있는 것입니다.
그것을 잘 넘고, 건너면서 아이들이 상처 입지 않도록
곁에 있어주는 사람
그 사람은 엄마라는 이름을 가진 우리입니다.
추운 겨울입니다.
아이들이 방 안에만 있지 않도록
추위도 이겨낼 수 있도록 배려해 주시기 바랍니다.
겨울이라는 산을 넘지 않고는
봄으로 갈 수 없다는 것도 일러주시기 바랍니다.
이 세상에서 가장 아름다운 꽃은 아이들이고
이 세상에서 가장 아름다운 단어는 엄마입니다.

행복과 행운에 대하여……

어느 날
풀밭에서 네잎 클로버를 찾고 있는 여인을 봤습니다.
몇 개의 네잎 클로버를 손에 들고
행복한 표정으로 서 있었습니다.
네잎 클로버를 찾으면 행운이 온다는 설이 있기에
사람들은 네잎 클로버를 찾으면 환하게 웃습니다.
세잎 클로버는 행복이라는데……
왜 사람들은 행복보다 행운을 더 좋아할까요?
행복하려면 노력이 따라야 하고,
깨달음이 있어야 하고, 기다림이 있어야 합니다.
작은 기쁨들이 조각조각 모여져서 행복해지는 것이니까요.
지금 행복하세요?라고 물으면
대부분의 사람들은 그저 그래요!라고 대답합니다.
아이들이 잘 자라고 있고, 친구가 있고……
하면 행복할 텐데 사람들은 그런 것은 행복이라고
생각하지 않는 듯합니다.
♣ 행운은?
복권에 당첨되었다거나,
참으로 분에 넘치게 좋은 직장을 얻었다거나,
좋은 배필을 만났다거나 할 때 행운이 찾아왔다고들 합니다.
저도 행운의 여신이 찾아와 준 적이
거의 없는 사람 중의 하나입니다.

그저 열심히 살아왔는데 별로 부자(?)도 아니고
소위 출세(?)도 못했으니까요.
그러나 이것은 알고 있습니다.
행운이 찾아왔다가 불운으로 바뀌는 것보다야
타박타박 사막 같은 길을 걸어가더라도 큰 기복이 없는
보통사람들의 삶이 아름다운 것이라는 것을……
허황된 꿈을 꾸지 않고 진실하게, 솔직하게 살아가는 것.
그것이 진정한 출세의 길이 아닌지
그것이 진정한 행복이 아닌지
클로버 꽃을 꺾어 시계를 만들어 손목에 차면서
생각해 봤습니다.
세잎 클로버를 더 사랑하세요.
행복해질 겁니다. 장담해요!!

큰 나무도 한때는 한 개의 씨앗이었다

큰 나무 밑에 가면 왠지 숙연한 기분이 듭니다.
주변에도 400년이 넘은 나무가 있어
새들이 날아와 노래하고
벤치에는 노숙자 아저씨들이 앉아 쉬어가기도 합니다.
그 나무는 400년 동안 지나다닌 사람들을
다 기억하고 있을까요?
그 나무는 노숙하는 남자의 눈물을 보았을까요?
저는 그 나무 밑을 지나노라면 그 나무도 한때는
한 개의 씨앗에 불과했다는 이성적 생각을 합니다.
이번 생일날 받은 꽃바구니를 옮기며
"아, 이 꽃바구니의 무거움이 바로 내 나이의 무거움이로구
나." 하며 탄식을 했습니다.
그것처럼 큰 나무도
자기 나이에 놀라 탄식하는 때가 있을런지……
아무튼 큰 나무도 한때는 한 개의 씨앗에 불과했고
나이 많은 노인들도 한때는 어린 아이였다는 생각을 하면서
자연의 순환에 외경심을 품습니다.
오는 식목일에 여러분은 어떤 나무를 심으시겠습니까?
감나무? 사과나무? 아니면 작약?
꼭 심어 보세요. 그 무엇이라도.
목련꽃 그늘 아래서 한 통의 편지라도 쓰거나 읽어 보세요.

꽃을 싣고 가는 트럭이 행복하다

어느 날, 한적한 시골길을 달려가는데
꽃들을 가득 실은 트럭 한 대가 지나가는 것이 보였습니다.
수선화, 팬지, 데이지, 아카도 등 온갖 봄꽃들이
그 트럭에서 한들거리며 조잘거리는 듯 보였지요.
팔려가는 꽃들인지, 어느 전원주택으로 심겨질 꽃들인지
그들은 보는 사람을 희안하게 밝혀주며 갔습니다.
어느 교차로에서 그들과 헤어지며 저는 속으로 말했습니다.
"안녕! 꽃들아 너희들을 싣고 가는 트럭은 행복할 것이다.
너희들 대신 닭장을 싣고 달리는 닭장차와
도축장으로 소를 싣고 달려가는 트럭들을 볼 때
나는 눈물겨웠다.
사람에게도 꽃 같은 마음이 실릴 때 아름답지,
짐승 같은 마음이 실릴 때는 결코 아름다울 수 없단다."
어쩌다 그 순하디 순한 소와 닭을 싣고 가는 트럭을 보면
얼마나 미안하던지, 얼마나 눈물겹던지……
시인의 감상일까요?
나는 꽃을 싣고 가는 트럭의 행복을 분명 보았습니다.
산에는 진달래도 피었고 복숭아꽃도 핀
4월 어느 날의 일입니다.

4월의 노래

목련꽃 그늘 아래서 베르테르의 편질 읽노라
구름꽃 피는 언덕에서 피리를 부노라

아, 멀리 떠나와 이름 없는 항구에서 배를 타노라
돌아온 사월은 생명의 등불을 밝혀든다.

빛나는 꿈의 계절아 눈물어린 무지개 계절아

목련꽃 그늘 아래서 긴 사연의 편지를 쓰노라
클로버 피는 언덕에서 휘파람을 부노라

아, 멀리 떠나와 깊은 산골 나무 아래서 별을 보노라
돌아온 사월은 생명의 등불을 밝혀든다.

빛나는 꿈의 계절아 눈물어린 무지개 계절아.

* * *

4월은 모든 땅에서 싹이 나고 모든 나무에서 꽃이
피고 사람들 가슴 속에도 꽃이 피는 달입니다.
이번 달에는 아이들이 '자연' 과
가장 가까운 친구가 될 수 있도록
'자연학습' 을 자주 하도록 하겠습니다.

나무도 심어 보고, 들에 나가 나물도 캐 보면서
자연의 품이 얼마나 너그러우며
자연이 얼마나 우리에게 많은 것을 주는가를
체험으로 알아 가슴에 풀빛처럼
스며들도록 노력하겠습니다.

4월에는 편지를 써 보세요.
그 누구에게라도……

콩 심은 데 콩 나고 팥 심은 데 팥 난다

지루하던 겨울도 봄의 따스함에 밀려 슬그머니 떠나가고
어느새 경칩이 지나 개나리 꽃망울이,
진달래 꽃망울이 많이 부풀었습니다.
계절의 순환은 어김이 없어 오고 가는데……
아이들과 함께하는 올해는
진정 더 행복하리라는 예감이 듭니다.
유치원 한켠에 있는 텃밭에 호박씨를 묻으면서
씨앗들은 거꾸로 떨어져도 싹은 바로 난다는 사실 앞에
숙연해지기까지 합니다.
아이들을 키우고 교육하는 일만큼 막중하고,
신성한 일은 다시 없다는 생각이 지배적인데요.
아이들이 자라면서 점점 엄마나 아빠를 닮아가는 것을 보면
신비롭기까지 합니다.
나쁜 점은 시댁을 닮았고 좋은 점은 외가를 닮았다고
얘기하는 엄마들이 더러 계신데요.
아마도 외가도 닮고, 시댁도 닮았을 것입니다.
두 집의 합작(合作)이니까요.
이 시대의 신사임당이라는 하인스워드의 어머니 김영희 씨는
때려서라도 강하게 키우라 했다던가요?
선천은 없다! 라는 학자가 있지만
후천적 요인(교육, 환경 등)으로
다 달라지지 않는 기질이 있음을 저는 압니다.

그래서 엄마, 아빠가 마음밭이 거칠면
아이도 그러하고
엄마나 할머니, 아빠의 마음밭이 비옥하면
아이도 그렇습니다.
씨뿌리는 사람들의 모습이 아름다운 3월.
콩 심은 데 콩 나고 팥 심은 데 팥 난다는 무서운 진리 앞에
옷깃을 여미게 됩니다.
아이들 마음밭(心田)이 비옥해지기 위해서는
음악과 책과 자연과 그 모든 것들이
교사 역할을 해야 하는 것이지
교육기관에서의 교육만으로는
결코 기름진 마음밭이 될 수 없음을 알아두시기 바랍니다.
봄에 씨뿌리지 않으면 가을에 거둘 것이 없다지요?
한 뼘 땅에라도
씨앗을(콩이든, 팥이든, 맨드라미씨든) 심어 보세요.
봄을 놓치지 마시고……

본디 있게 자라는 아이

4월과 5월은 한해의 열쇠라는 말이 있습니다.
4월과 5월은 한해를 찬미할 수 있는
아름다움으로 가득차 있기에 그렇게 말하는지도 모릅니다.
꽃, 새잎 자연의 아름다운 노래를,
그림을 그 어떤 화가가 그리며,
그 어떤 음악가가 작곡하고, 노래할 수 있을런지요?
4월이 가고 계절의 여왕인 5월 속에 서 있습니다.
5월에는 모든 인연을 생각해 봅니다.
선생님과 인연, 부모와의 인연, 형제와의 인연……
좋은 인연도 있고, 나쁜 인연도 있습니다.
나쁜 인연의 고리를 끊지 못해 가슴앓이하는 사람들.
좋은 인연이 끊어질까 애달파하는 사람들.
우리는 어느 쪽에 지금 서 있을까요?
나쁜 인연을 만나 고통스럽다면 그 인연을 통해 훗날
더 좋은 인연이 맺어지리라 기대해 보세요.
행복으로 들어가는 문은 언제나 걸림돌이 있어서
그것을 이겨내야만 그리로 들어갈 수 있다고 합니다.
오며 가며 사람들을 만납니다.
어떤 사람들은 무척 반갑게 인사하는가 하면
어떤 사람은 고개만 까딱하고 얼굴 표정은 굳어 있습니다.
그럴 바에는 차라리
인사를 하지 않는 것이 낫겠다는 생각을 합니다.

이렇게 사람들은 천인천색으로 살아갑니다.
인사하는 것도 정성껏 해서 인사받는 사람의 가슴에
흐뭇한 정감을 불어 넣는 사람은
이미 성공했거나 성공할 확률이 높은 사람일 것입니다.
그때 그때 임기응변으로 사는 사람은
우선은 잘되어가는 듯해도
어느 단계에서 더 이상 오를 수가 없습니다.
진실하고 성실한 마음으로 덕(德)을 쌓으며 사는 사람은
꼭 아름다운 5월 같은 인생의 정점에 서리라 믿습니다.
그것이 부처님과 예수님의 뜻이니까요.

아이들에게 소나기 사랑을 퍼붓지 마시고
좋은 말씀을 남기는 부모가 되어주세요.
백만장자의 유산을 남겨주기보다
살아 있는 말을 남겨주는 것이
진정한 유산이며 사랑이라 믿습니다.
그리고 아무리 시대가 변했다 해도
웃어른을 공경할 줄 모르는 사람을
아름답다 칭송할 사람은 없습니다.

이 5월에 그 누군가를 미워한다면 어리석은 일입니다.
사랑의 눈빛으로 바라보세요. 참 아름다운 세상입니다.

선천(先天)은 없다
―기름진 밭

많은 학자들이 선천은 없고 거의 후천적으로
사람의 성격이나 운명이 결정되어진다고들 합니다.
그러나……
교육현장에서 보면 모든 인간에게는 무덤까지 갖고 가는
선천적인 성격이 있는 듯합니다.
너그럽고, 주변사람을 잘 섬기고 배려하는
사람이 있는가 하면 강팍하고 이기적인 사람도 있습니다.
성격이 운명을 좌우한다고 했던가요?
공부 잘하는 아이보다 성격 좋은 아이,
예절 바른 아이로 키워야 합니다.
유치원 뜰에 심은 꽃 호박은 하루가 다르게
넌출넌출 크고 있고 화분에 심은 조롱박은 오종종한 게
될성부른 싹이 아니네요.
왜 그러할까요?
그것은 기름진 땅에서 크는 것과 전혀 영양분 없는
땅에서 크는 것의 차이입니다.
부모나 교사는 기름진 밭이 되어야 합니다.
교사도 이기적인 성격의 사람은 아이들이 잘
자라지 못합니다.
제2의 어머니라 할 수 있으니까요.
우리 모두 우리 아이들을 위하여
'기름진 밭'이 되어야겠습니다.

오월

오월은 금방 찬물로 세수를 한 스물한 살
청신한 얼굴이다.
하얀 손가락에 끼어 있는 비취 가락지와
오월은 앵두와 어린 딸기의 달이요.
오월은 모란의 달이다.
그러나 오월은 무엇보다도 신록의 달이다.
전나무의 바늘잎도 연한 살결같이 보드랍다.
신록을 바라다보면 내가 살아 있다는
사실이 참으로 즐겁다.
내 나이를 세어 무엇하리 나는 오월 속에 있다.

—피천득님의 〈오월〉이라는 수필입니다.

이 아름다운 5월에는 아픈 추억도 어두운 그림자도
다 뒤로 하고 싶어집니다.
하—얀 손수건에 푸른 물이 들 것 같은 5월.
사랑하고 또 사랑하여도 부족한 달입니다.

인간에게 첫 번째 스승은 부모이다

한 원숭이를
엄마 젖을 먹이지 않고 우유를 먹여 키웠다고 합니다.
그 원숭이가 자라 애기를 낳았습니다.
그런데 어미 원숭이는 그 애기에게
젖을 주지 않고 들고만 있었습니다.
애기는 허기져 죽어가고 있었습니다.
수의사들이 보다 못해 어미 원숭이를 마취시키고
어미 젖을 먹게 했습니다.
애기는 다시 살아났고 어미 원숭이도 마취에서 깨어났지만
또 젖을 먹이지 않았고 두 발로 애기를 들고만 있었습니다.
그 원숭이도 엄마 젖을 먹여서 키웠다면
자기 애기에게 젖을 줄 수 있었겠지만……
젖을 먹어 보지 않았기에 먹일 줄도 모른 것입니다.
모든 것이 학습입니다. 사랑도 학습입니다.
사랑을 많이 받아 본 어른은
자기 가족이나 이웃을 사랑합니다.
은행에 예금해 놓지 않으면 돈을 인출할 수 없듯이
사랑도 받은 것 없이는 줄 수가 없는 것이지요.
FAMILY란 ⓕather ⓐnd ⓜather ⓘ ⓛove ⓨou 라나요?
우리 아이들에게 많은 사랑을 주는 부모가 되어야겠습니다.
사랑과 집착은 분명 다르고 아이를 통해 대리 만족하려는
부모도 바람직한 부모는 아닐 겁니다.

사람 = 사랑 = 삶

이런 등식이 떠오르는 5월입니다.

더욱 사랑해야겠습니다. 우리 주변 모두를!

어버이를 공경하지 않으면 나 또한 공경받지 못한다

낳으실 제 괴로움 다 잊으시고 밤낮으로 애쓰는 마음
진 자리 마른 자리 갈아 뉘시며
손발이 다 닳도록 고생하시네.

우리는 부모님의 은혜는 잊고
서운했던 점은 기억해 내기도 하는 보통사람들입니다.
은혜는 돌에 새기고
서운함은 물에 새기라는 말이 있지만……
우리는 고마움이나 입은 은혜는 잊고 살 때가 많습니다.
산소의 고마움은 밀폐되어 산소가 부족한 곳에 가서 깨닫고
착한 아내는 그 아내가 떠났을 때 깨닫고,
좋은 교사는 악한 교사를 만났을 때 알게 됩니다.
자기 아이만 예쁘다면서 있는 것 없는 것 다 내어주면서
부모님께는 시간도, 돈도 아까워하는
자식들도 없지 않아 있습니다.
그 사람의 됨됨이를 보면
부모가 어떠한 인격을 갖고 계신 분인지
짐작할 수 있습니다.
부모는 최초의 학교이자 영혼의 치료소이기에
부모노릇만큼 막중한 역할은 다시없겠지요.
어버이날이라고 식사 한 끼 대접하는 것,
옷 한 벌 사다 드리는 것, 현금봉투를 내미는 것……

그런 것도 좋은 선물이지만 가장 좋은 선물은
진정으로 그분들의 마음을 헤아리고
외로워하실 때 함께하는 것일 거예요.
사랑한다면 곁에 있어야 하는 것 아닐런지……
떠나신 뒤에 땅을 치며 울어 본들 무슨 소용입니까?
곁에 계실 때
위로가 되어 드리고 힘이 되어 드려야겠습니다.

부적절한 부모는 있어도 부적절한 아이는 없다

소설가 최인호 씨는 온천욕을 즐긴다고 합니다.
저는 즐기는 편은 아니고 가끔 산이 그리울 때
산 속 온천탕에 갑니다.
사는 것이 몹시 힘들고, 구질구질하게 느껴질 때
목욕을 하면 하루는 그런대로 행복합니다.
꼭 한자리에 앉아 천천히 닦는 저는
어느 모녀를 보고 그만 울고 말았습니다.
키가 늘씬하게 크고 풍만하며 아름다운 30대 여성과
1m도 될까 말까한 50대 여성이
욕탕에 들어오더니 1m도 안 되는 꼽추인 여성에게
아름다운 30대 여성은
"엄마, 이리 앉아 보세요. 엄마, 엄마!"
그 여인은 계속 엄마를 부르며 엄마를 앉혀놓고
그 작은 몸 유치원생보다 조금 클
엄마의 몸을 닦기 시작했습니다.
작고 초라해 보이는 늙은 여인은 여왕도 부럽지 않은
표정으로 딸이 닦아주는 대로 가만히 앉아 있었습니다.
엄마! 하고 부르는 순간 가장 짧은 기도가 된다는 엄마.
어떻게 곱사등이의 몸으로 아기를 가졌는지,
어떻게 열달 동안 뱃속에서 키우다가 낳아서
어떻게 저렇게 늘씬한 여자로 키울 수 있었는지⋯⋯
자기 엄마를 부끄럽게 생각하는 딸들이 의외로 많습니다.

못배웠다고, 촌스럽다고, 엄마를 타박하는 딸도 보았습니다.
그런데 저 여인은 그런 불구의 몸에서 태어났음에도
얼마나 아름다운 몸매를 지녔으며
또 얼마나 착한 마음씨를 지녔는가!
많이 배우시고, 미인 축에 드시고 팔십에도 아직
지성적인 어머니를 가진 저는
과연 저 여인처럼 할 수 있었던가. 부끄러웠습니다.
'효(孝)'를 모르는 사람은 부모에게 감사할 줄 모릅니다.
왜 나를 낳았는가? 원망도 합니다.
그러나 우리 자식이 우리에게
그렇게 항의한다면 우리는 얼마나 불행할까요?
엄마, 아버지께 받은 것 비록 적다 하더라도
살아계심에 감사하며
의무처럼 삐쭉 내미는 선물상자보다는
따스한 편지라도 써 보는 것이 어떨까요?
5월 8일.
부모님께 감사하는 날이 되시기 바랍니다.
내가 효성스러워야 자식들이 보고 배워
효성스러워지는 법입니다.
시어머니도, 친청어머니도 우리와 같은 여성입니다.
어딘가 남성보다 더 슬픔을 많이 갖고 있는……
　―부적절한 부모는 있어도 부적절한 아이는 없습니다.

어머니는 한 가정의 여왕(女王)이다

5월은 신록의 달.
초록 언어가 속살거리는 달입니다.
우리 마음에 낀 근심, 걱정의 이끼를 걷어내고
초록의 잔치에 초대되는 달.
노천명 시인(詩人)은 5월을 계절의 여왕이라 노래했습니다.
1년 중 가장 아름다운 달이지요.
장미가 피고, 파란 보리가 바람에 일렁이고……
그래서 5월(五月)은 '인연'을 생각게 하는 달입니다.
자식과의 인연, 부모와의 인연, 스승과의 인연
행사가 많아 가정 경제에 주름이 지는 달이기도 합니다.
자식에게는 아낌없는 모든 것을 주려 하면서도
부모님께는 인색한 자식도 있습니다.
부모님의 사랑은 당연히 내리사랑이라면서……
그분들에게 드리는 선물은 아까우면서
자식들에게 주는 선물은 아깝지가 않습니다.
한 사람의 인생을 돌아보면 유년의 뜰에 엄마가 계십니다.
어떤 엄마이셨는가가 한 사람의 인생을
양지에서 살게도 하고 평생을 음지에서 살게도 합니다.
하인스워드의 어머니 김영희 씨는 생활이 어려워도
정부보조를 받지 않고 세 가지의 직업을 갖고 일하면서도
아이에게 좋은 옷을 입히고,
좋은 교육을 받게 했다고 합니다.

생활이 좀 어렵다고 아이 교육비부터 줄이려는 엄마도 있고
어떤 경우에도 아이 교육이 우선인 엄마도 있습니다.
교육은 10년 후를 내다보고 쉼 없이 반복하며
살아갈 힘을 키우며 도덕적 인간으로 길러내는 것입니다.
지금의 어머니를 보면 그 아이의 미래가 보이고
남편이 어떤 남자인가를 보면 그 아내의 미래가 보입니다.
어머니는 한 가정의 여왕입니다.
여왕 대우를 해야 남편이 왕이 되고
아이들이 공주, 왕자가 되는 것 아닐런지……

잿더미 속에서도 꽃은 핀다

산불이 나 몇 만평의 산(山)을 태웠던 강원도 고성
요즘 노란 복수초가 그 잿더미 속에서
피어난 모습이 보도되었습니다.
자연의 복원력은 대단해서, 위대해서
다 타 버린 잿더미 속에서도
꽃을 피우고 있다는 소식에 우리는 얼마나 감동하고 있는지!
자연만큼 위대한 스승은 없습니다.
중병에 걸려 약과 주사로 살던 환자도
밝은 햇볕과 맑은 공기, 자연식을 하며 깊은 산 속에서
스트레스와 공해를 덜 받으며 살면
자연치유가 된다고 합니다.
우리 부모들도 긍정적이고,
밝은 표정으로 씩씩하게(?) 살아가야겠습니다.
우리 삶은 평탄하기만 할 수는 결코 없어서
대체로 행복하고 때때로 감당할 수 없는 고통도
성난 파도처럼, 산불처럼 밀려와 우리 꿈을 태우고 갑니다.
타 버린, 밀려간 꿈을 부둥켜안고
통곡하고 싶을 때도 있지만……
우리는 궂은 날이 있으면 맑은 날이 온다는 사실을 잊지 말고
잿더미 속에서도 꽃을 피우는 복수초처럼
또 새로운 새 꿈을 키워가야 할 것입니다.
어느 날 어떤 분이 이렇게 얘기했습니다.

'이 시인님은 걱정 없으시지요? 아이도 다 컸고
나는 사는 것이 지겨워요.'
그 여인의 눈에 눈물이 고이고
내 눈에는 눈물이 그렁거렸습니다.
왜냐하면 제게는 말 못할 고민이 더 많았으니까요.
그 여인의 고통을
그 누구보다 잘 알 수 있는 감성을 지녔으니까요.
고민 없는 인생이 어디 있겠습니까?
이 화창한 봄날에 연분홍 치마를 입고(?) 봄날이 가기 전에
새 꿈을 잉태해 보세요.

장미보다 더 아름다운……

요즘 미스 코리아를 선발하고 있습니다.
그 사람들은
지성과 미모를 함께 겸비한 여성들임을 알겠더군요.
예전에는 지성이 빼어나면 미모가 빠지고 미모가 빼어나면
지성미가 결여되어 있어 어딘가
종이 장미 같은 사람들이 많았습니다.
paper roses.
종이 장미에는 향기가 없지요.
나비나 벌이 날아들지 않습니다.
우리는 겉만 꾸미고, 다이어트에 올인하고
그리고는 선(善)을 행하고, 덕(德)을 쌓는 데는 소홀한 것이
아닌가 하는 생각이 듭니다.
하루에 한 가지라도 착한 일을 한다면
하나님, 부처님은 우리를 얼마나 예쁘게 보실런지……
그냥 착하기만 하면 악한 사람에게 이용당하고, 상처받기에
그 착함을 지킬 수 있는 독(毒)함도 갖고 있어야 합니다.
눈에 이글거리는 분노와 열정을 품고 있던 여성이
고즈넉한 지혜를 담고 조용한 눈빛을 지니게 되었을 때
우리는 아름답다고 향기가 있다고 느낍니다.
어느 날—
차를 주차하다가 낡은 책을 들고 서 있는
학부모를 보았습니다.
여인을

자기를 위해 단돈 만원도 안 쓰는 여성이었지만
이동도서관을 향해 가는 그 모습은 그 누구보다
지성과 감성이 풍부해 보이는 아름다운 모습이었습니다.
그렇습니다.
비록 입고 있는 옷이 낡고 초라해도
교양과 지성이 넘칠 때 미스 코리아보다
더 향기로운 아름다움을 풍기게 되는 것입니다.

꽃이 지기로서니 바람을 탓하랴

화무십일홍 (花無十日紅)이라는 말이 있습니다.
열흘 붉은 꽃이 없다는 뜻입니다.
한 번 성하면 반드시 쇠퇴할 날이 온다는 뜻이지요.
꽃의 일생은 무척 짧기에 그런 말이 나왔겠지요.
꽃만이 아니고 우리 일생도 그러한 듯합니다.
좋은 날들은 바로 지나가고 황사 낀 날씨처럼
앞이 안 보이는 그런 날들이 오래 계속되기도 합니다.
그러나 늘 날씨가 너무나 좋은 시드니에서
자살률이 높다는 것을 보면
우리나라의 사계절이
얼마나 이상적인가 하는 생각도 하게 되지요.
눈 닿는 곳마다 꽃, 꽃, 꽃……
시름에 잠겼던 사람들도 꽃을 보며
환한 얼굴로 잠시 시름을 잊습니다.
우리는 과연 그 누구에게 꽃이었나? 자신에게 물어 봅니다.
사는 것이 힘들다고 악에 바쳐서 누군가 사랑하고,
용서할 수 있는 기회를 잃어 버린 적은 없었는가?
우리는 가족에게 이미 꽃이 되었고
아이들이라는 꽃을 얻었으며
그 꽃을 통해 열매를 얻을 것입니다.
꽃이 진다고 바람을 탓하지 말고 내 삶이 지금 어둡다고
부모나 친구를, 환경을 탓하지 말고

누군가 외롭고 불행한 사람에게
한 송이 꽃으로 남아야겠습니다.
향기나는 꽃으로……

강한 아이로 키우는 아홉 가지 요령

출근길에 보니 가로수 밑에 한 뼘도 안 되는
흙에서 민들레, 이름 모를 야생초가 피어 있었습니다.
아! 생명이란 저다지도 아름다운 것이로구나.
어디선가 씨앗이 날아와 흙에 묻히고
저의 존재를 드러내려 꽃피는 꿋꿋한 생명력!
우리는 저 야생화만큼 강인한 존재인가?
운전대를 잡고 신호를 대기하며
더욱 겸손해지는 저를 느꼈습니다.
겸손과 부식은(썩어 흙으로 돌아간다는 뜻)
어원이 같습니다.
우리는 풀꽃보다 더 강인한 의지로
어머니로서의 소임과 직업인으로서의 의무,
그리고 시민으로서, 교양인으로서 아름답게 살아야겠습니다.
오늘은 자립심 강한 아이로 키우는 요령
A to Z을 알려드립니다.

① 부모와 안심하고 떨어지는 훈련이 필요합니다.
② 아이의 성장을 인정해야 합니다.
③ 아이에게 선택의 기회를 줍니다.
④ 아이가 선택의 결과를 책임지게 합니다.
⑤ 아이 발달 수준에 맞는 일을 줍니다.
⑥ 아이에게 역할을 줍니다.

⑦ 아이가 스스로 했을 때 칭찬해 주세요.
⑧ 아이에게 화를 내거나 짜증을 내지 말아주세요.
⑨ 아이가 아프다고 특별대우하시면 응석이 심해집니다.

강한 엄마, 절도 있는 엄마가 의지 강한 아이로 키워냅니다.
온실 속에서 핀 장미는 금세 시들지만
산에, 들에 핀 야생화는 비바람도 꿋꿋하게
견디며 향기를 멀리까지 퍼뜨립니다.
향기나는 사람으로 키우는 것, 우리 어머니들의 책임입니다.
하나님이 맡기신 아이를 잘 키워야겠지요?

여름

여름은 열매가 열음에서 왔습니다.
열음 → 여름
열매가 열어 단맛이 들어가는 이 계절은
그 어느 계절보다 왕성합니다.
인생으로 치면 청년기라 할까요?
흐르는 물, 무성한 풀, 매미 울음소리,
단내를 풍기는 참외, 쩍~ 갈라지는 수박.
이 여름은 아이들에게 많은 것을 체험하게 하는 계절이며
어른들은 어디론가 일상을 떠나
진정한 나를 찾아보고도 싶어지는 계절입니다.
가까운 친척집에도 보내어 그 집 문화도 익히게 하고
엄마, 아빠와 떨어지는 연습도 하고,
기차도 타 보고 찐 옥수수도 먹어가며
유치원이나 학원에서 배울 수 없었던
진정한 힘을 기르는 기회로 삼았으면 합니다.
아이들 마음 속에 끝내 남아 있을 즐거운 여름의 추억.
어른들이 만들어 쌓아주어야겠습니다.
이 여름은 신이 만들어준 살아 있는 교과서입니다.

알바트로스에 대하여

우리 부모들은 우리 아이들이 나보다는 더 높이
더 우아하게 날기를 바라는 듯합니다.
나는 날개가 없었기에 날 수 없었지만……
너에게는 내가 날개를 달아주마!
그야말로 뼈(?)가 드러나게 일을 해서
아이들을 가르치는 부모도 있습니다.
그러나 부모의 희생을 날개삼아 나는 새가
과연 행복할까? 생각해 봅니다.
팔십 넘은 부모들에게도 손을 벌리는 자식이 있다니
참 한심하다는 생각이 들지요?
아이들에게 날개를 달아주어
더 높이 날아다니게 되기를 바라는 것보다
내게 필요한 한 마리의 물고기를 잡는 방법을 가르치고
재능이 뛰어난 사람보다
인간성이 좋은 사람으로 길러내는 일이
우리 부모가 할 일이라고 믿습니다.
물론 삶의 무게에, 체념의 무게에 지칠 때
우리는 새처럼 가볍게 날아 봤으면! 하는 바램을 갖게 됩니다.
그러나……
이 세상에서 가장 높이 나는 새
알바트로스가 얼마나 외로운 새일까?
생각할 수 있는 부모라면 높이 최고의 삶을 지향하기보다

이 땅에 있는 걸어 다니는 것들을 사랑하며
열매를 가꾸며, 나누며 때로는 눈물 흘리며
사는 삶을 건강하게 해내는
'보통사람들'을 지향하는 것이 아름답다고 믿습니다.

영화 각설탕

〈각설탕〉이라는 영화를 보셨나요?
말(馬)이 좋아한다는 각설탕.
엄마를 어릴 적 여읜 여자아이는
말(馬)과 교감을 나누며 성장해 갑니다.
말(馬)이 말(言語)을 할 수는 없지만……
그 말(馬)은 그 여자의 혈육과도 같은 존재였습니다.
사랑을 받은 존재로써 그 사랑을 되갚는……
우리는 말(言語)을 쓸 수 있는 인간으로
과연 사랑을 주고받는데
말(馬) 이상이었을까요?
말로만 사랑한다면서
은혜를 원수로 갚는 그런 의리 없는 사람은 아니었는지……
영화 〈각설탕〉은 줄곧 눈물이 흐르게 하는
감동적인 예술영화였습니다.

꿈

기나긴 인생의 여정에서
휴대해야 할 물건은 많습니다.
그 중에 절대 잊지 말아야 할 것은 '꿈'입니다.

사람은 나이를 먹을수록 육신이 늙어감을 안타까워합니다.
허리 굽은 할머니도 "예쁘시네요!" 하면
좋아서 "호호호." 웃으십니다.
그러나 나이를 먹어 육신이 늙고, 오그라드는 것보다
더 안타까운 것은 꿈을 잃어 버리는 것입니다.
꿈을 잃은 여성은 아무리 젊다 해도 향기가 없고
아직도 꿈을 품고 사는 여성은 아무리 늙었다 해도
그윽한 향기가 납니다.

여름 내내 꿈보다 더위 피하기에 급급했던 우리.
이제 귀뚜라미 우는 밤에 우리의 구겨진 꿈을 꺼내 잘 펴고
다시 한 번 꿈을 이루기 위해
한 걸음 한 걸음 나아가야겠습니다.

* 태양을 등졌을 때에는 자신의 그림자밖에 볼 수 없다. —칼릴지브란

아이들을 진정 사랑한다면……

요즘 전화번호를 안내하는 여성들이
114에서 "사랑합니다!"라며 전화를 받습니다.
'사랑합니다.'
천만 번 더 들어도 기분 좋은 말입니다.
사랑이 넘칩니다. 아이들이 있는 곳에는
"사랑합니다!" 선생님들이 아이들에게
하는 인사에 아이들도 "사랑합니다."라고 화답합니다.
어느 땐 과연 '사랑합니다.' 라는 고백이
넘치는 곳에 사랑이 많을까? 하고 생각합니다.
사랑한다면서 여차하면 배신을 차 마시듯 하는
사람도 많은 세상입니다.

앞에서는 웃고 돌아서면 욕하는 사람들.
손가락질하며 비웃을 때
나머지 네 손가락은 자기를 향하고 있다는 것도 모른채
게거품을 물며 대드는 사람들.
사소한 것에 목숨 건 듯 다투는 사람들
틈만 나면 남의 험담에 신나는 사람들.
그런 사람들을 보면서 아이들도 서서히 닮아갑니다.
아무리 명품교육을 시킨다 하더라도
가정교육이 제대로 되어야 하고, 동네 분위기가
좋아야지 남을 배려하는 '좋은 인간' 이 된다는 것을

모르는 사람도 더러 더러 있습니다.
그러나 아이들은 환경을 뛰어넘을 수 없습니다.
부모라는 인적(人的) 환경, 동네라는 사회적 환경……
맹자 어머니가 세 번 이사했다는 맹모삼천지교가 절절히
생각나는 요즘입니다.

매미의 일생

매미는 여름날의 서정을 북돋는데
없어서는 안 될 곤충입니다.
매미가 우는 날.
시원한 수박이나 참외를 먹으며,
흘러가는 구름을 보며 발을 계곡물에 담그고 있으면
행복이 별거냐?
이런 것이 행복이지! 하는 생각이 듭니다.
매미는 애벌레 상태로 칠 년인가를 땅 속에
있다가 매미로 나와 일주일인가를
노래만 하다가 죽어갑니다.
우리는 과연 어떤 것을 위하여
칠 년을 아니 칠 개월이라도 준비한 적이 있었던가?
하는 부끄러움이 있습니다.
덥다! 덥다! 하는 여름도 이제 고비겠지요.
8일이 입추, 9일이 말복, 23일이 처서
처서 무렵에는 귀뚜라미가 울고 여름내내
별 생각없이 살았던 내가 와락 부끄러워지는 이상한(?)
계절 가을이 올 겁니다.
건강하게 여름의 고비를 넘기세요.

공주가 되어 볼까요?

여자아이들에게 공주 같네요! 라고 말하면
금세 함박 웃음을 웃습니다.
공주, 프린세스.
이 지상에 명실 공히 공주가 있지만(영국 등⋯⋯)
공주 노릇이 쉽지는 않을 겁니다.
언론의 주목을 받지, 파파라치가 따라다니지⋯⋯
정말 피곤할 겁니다.
그러나 우리는 이 시대에 참 멋지고 우아한
공주가 될 수 있음을 알고 계시는지요?
(공)부하는 (주)부 → 공주
신문에도 맛있는 한자가 끼어들어 오고
사이버대학도 많고⋯⋯
얼마든지 공부하는 주부가 될 수 있는 시대에 살고 있습니다.
엄마가 공부하는 모습을 보여야 아이들도 따라합니다.
책 속에 모든 길이 있습니다.
어디론가 떠나야 피서는 아니지요.
방에서 얼음물에 발 담그고
아니면 시원한 옷차림으로 공부하는
한여름이 되어야 가을에 헤매이지 않을 것 같습니다.
(공)부하는 (주)부 → 공주가 되어 보세요.

납량특집이 따로 없었다

군산 모 초등학교 교사가 아이들(1학년) 뺨을 때리며
책을 던지는 동영상이 공개되면서
저는 TV를 통해 그 장면을 몇 번이고
보면서 심장이 떨리고 손이 떨렸습니다.
저런 인간이 교사라니……
그것도 초등학교 1학년 교사라니!
경악을 금치 못했습니다.
뺨을 때리고 그것도 모자라 아이 가슴팍에
책을 던지는 그 여교사는 흡사 마녀 같았습니다.
무엇을 얼마나 잘못했다고
새잎 같은 아이들에게 뺨을 때리고 책을 던지는지……
아이들은 그래도 책을 주워든 다음
교사에게 인사를 하고 자기자리로 들어갔습니다.
꽃으로 때려도 아이들 마음에 심한 상처가 생깁니다.
초등학교 때 이민을 가 미국시민이 된
잘생기고 건장한 청년이 어느 날 이런 얘기를 합니다.
한국에서 초등학교 3학년 때
무엇을 잘못했는지도 모르면서 맞았던 기억이
30을 바라보는 나이에도 생생하고
그 선생님을 한 번 찾아보고 싶다고……
찾아서 그때 왜 때렸는지 물어보고 싶다고 합니다.
'사랑의 매'가 있다고 합니다만은……

저는 매를 드는 것에 찬성하지 않습니다.
부모라는 권위로 교사라는 직분으로 아이들 가슴에
평생 지워지지 않을 상처를 만들고도
'사랑하니까 그랬다' 고 한다면 참 우스운 일입니다.
가슴 서늘한 공포영화보다도 더 서늘한 장면을 보면서
저런 인간이 어떻게 초등학교 1학년 교사가 될 수 있었는지
분노에 떨었습니다.
꽃으로도 우리 아이들을 때려서는 안 됩니다.

여름은 살아 있는 교과서이다

여름은 열매가 열음에서 왔습니다.
열음 → 여름
열매가 열어 단맛이 들어가는 이 계절은
그 어느 계절보다 왕성합니다.
인생으로 치면 청년기라 할까요?
흐르는 물, 무성한 풀, 매미 울음소리,
단내를 풍기는 참외, 쩍~ 갈라지는 수박.
이 여름은 아이들에게 많은 것을 체험하게 하는 계절이며
어른들은 어디론가 일상을 떠나
진정한 나를 찾아보고도 싶어지는 계절입니다.
가까운 친척집에도 보내어 그 집 문화도 익히게 하고
엄마, 아빠와 떨어지는 연습도 하고,
기차도 타 보고 찐 옥수수도 먹어가며
유치원이나 학원에서 배울 수 없었던
진정한 힘을 기르는 기회로 삼았으면 합니다.
아이들 마음 속에 끝내 남아 있을 즐거운 여름의 추억.
어른들이 만들어 쌓아주어야겠습니다.
이 여름은 신이 만들어 준 살아 있는 교과서입니다.

비 오는 날의 부침개

비가 자주 내리는 날에는
자칫하다가는 불쾌지수가 높아 의견충돌이 있을 수 있고
멜랑꼴리해질 수 있습니다.
창가에 앉아 커피를 마시며
미혼 시절을 회상해 보기도 하고……
어릴 적에 어머니가 부쳐주시던 호박 부침개.
들기름의 고소한 냄새가 그리워지기도 합니다.
마찬가지로 지금 우리 예림 아이들이 먹는 음식은
성격이나 체질에 많은 영향을 주게 됩니다.
육식을 많이 하는 사람은 약간 성격이 거칠고
채식을 많이 하는 사람은 온순하다는 설(說)도 있습니다.
장마철에 덥다고 탄산음료를 벌컥벌컥 마시고
입맛이 없다고 라면이나 끓여먹는다면
그 아이가 자라 어른이 되어서도
향수 음식으로 콜라를 찾고, 라면을 찾겠지요.
아이들 아빠들도 가끔 이렇게 말하지 않나요?
'엄마가 만들어 주시던 부침개가 먹고 싶다.' 라고……
장마철에는 끓인 음식이 좋고 기름에 부친 음식이 좋습니다.
애호박과 당근, 부추 넣어 부침개! 들기름으로 부쳐 보세요.
빗소리 들으며 부침개를 먹고 매실차를 마셔 보세요.
비 오는 날의 부침개. 낭만적인 음식 아닌가요?
음식도 추억입니다.

루소의 에밀, 자연교육

서양의 교육 고전으로서 꼭 읽어야 할 책 중에
플라톤의 〈대화편〉과 루소의 〈에밀〉이 있습니다.

루소는 에밀에서 교육을 하지 않는 것이
교육을 가장 잘 하는 것이라 했지요.
교육을 통해서 인간은
진실된 자아를 점차 상실하고 타락된 모습,
가면을 쓴 위선을 인간의 참모습이라 믿게 된다는 것입니다.
루소는 문명이라는 이름으로 강요되는 일체의 속박을
거부하고 자연으로 돌아가야 한다고 했습니다.
이 책의 첫 구절은 자연의 찬미로 시작됩니다.
조물주의 손이 닿은 것이면 무엇이든 선(善)하다.
그러나 인간의 손이 닿으면 무엇이든 타락한다.
우리 부모님들은 종종 자식을 통해 자기를 실현하고,
꿈을 구현하려고 합니다.
그러나 어린아이들을 분재 만들 듯 이리 철사 동여매고,
저리 비틀고 한다면 과연 우리 아이들이 아름답고,
멋진 사람으로 자라날 수 있을런지요?
아이들은 다양한 체험을 해야 합니다.
봉숭아물도 들여 보고, 다슬기도 잡아 보고
아빠 어깨 위에 무등도 타 보고
엄마와 재래시장에도 가 보고……

바다가, 산이 손짓합니다.
아이들에게 많은 체험을 시켜주시기 바랍니다.
연꽃축제에도 가 보면 어떨지……
더러운 물에서도 하이얀 꽃을 피우는 연꽃!
연꽃에게서도 배울 것이 많습니다.
여름이 가기 전에 아름다운 추억 많이 만들어 보세요.

어느 마을의 어떤 여인들

어느 마을에 이리저리 말을 옮기고 기분 나쁜(?)
사건을 만들어 내는 여인이 살고 있었습니다.
작은 일도 큰일인 듯 호들갑을 떨며 나쁜 쪽으로
여론을 만들어 가는 여인
동네가 늘 평화롭지 못했습니다. 그 여인들로 인하여……
어느 날 마을의 가장 어른이 그 여인들을 불렀습니다.
그리고는 그 여인들 앞에서 새털을 바람에 날렸습니다.
새털을 모두 찾아오라 했습니다.
그 여인들은 이미 바람에 날아가 버린
새털을 찾아올 수가 없었습니다.
말이란 것도 날아가 버린 새털 그것과 다르지 않습니다.
좋은 얘기―칭찬이란 것을 제쳐두고 왔다갔다 하며
나쁜 얘기만 옮기는 경솔한 여인들.
어느 날부턴가 그 두 여인 곁에는 이웃이 사라져갔습니다.
좋은 얘기가 꽃을 피우듯
나쁜 얘기는 꽃은커녕 독을 피워갑니다.
결국은 그 독이 나에게 돌아온다는 것을
두 여인은 모르고 있었습니다.
자기 눈에 대들보는 안 보이고,
남의 눈에 티끌은 잘도 보이는 사람들
좋은 관계를 자꾸만 깨 버리는 사람들
그런 사람들은 자기 상처 때문에

그렇게 행동한다는 사실을 모릅니다.
아이들에게도 한 번 더
깊이 생각하고 말하는 습관을 길러주신다면
말로 인하여 신뢰가 깨지는 일은 없겠습니다.
화술이 좋은 사람이 성공한다고 합니다.
말 한마디로 천냥 빚을 갚을 수도 있습니다.

생명을 사랑하는 마음

어느 날 잔디밭 위에 있는 비닐 봉지를 발견하고
버리려 주워 들었는데……
그 속에 무당벌레들이 수십 마리 들어 있었습니다.
그 무당벌레들은 산소도 없는 밀폐된 공간에서
얼마나 고통스러웠을까요?
나는 비닐을 찢고 무당벌레들을 숲으로 풀어주었습니다.
우리도 때때로 숨막히는 일상에서 누군가 나를 맑고,
밝은 곳으로 데려가 주었으면! 하고 소원하게 됩니다.
아이들은 무심코 무당벌레를 잡아 봉투에 가두었겠지만……
그 작은 벌레들은 죽을 듯한 고통을 겪었을 것이라
생각하니 가슴이 아팠습니다.
우리는 무심코 아니면
무책임하게 사람을 대할 때가 있습니다.
우리 아이들에게는 작은 곤충 하나라도
함부로 죽이면 안 되고
기르던 강아지를 무책임하게 버려서도
안 된다는 것을 가르쳐야겠습니다.
한때는 사랑한다면서 예뻐하다가 키우기 힘들다고
버려 버리는 그 냉정함.
자기가 필요할 때는 상냥하고, 친절하게 다가오다가
자기 필요가 충족되면 해코지까지 하며 떠나는 몰인정.
이런 것은 동물만도 못한 차가움일 것입니다.

아픈 이를 위로하는 마음과 내가 조금 손해라고
생각되어도 상대를 더 배려하는 아름다운
사람이 성공할 수 있는 확률이 높아진다고 저는 믿습니다.
사람마다 그릇이 다르지만……
우리는 그래도 우리 아이들을 큰 그릇으로 키워야겠습니다.
마음밭이 넓고 기름진 옥토로 키워야겠습니다.

* 한국메시연구소가 창의성에 영향을 주는 요인을 분석한 결과 아이에게
  무용을 시키면 창의성이 올라간다고 합니다. 그리고 아빠와의 대화가 자
  녀의 창의성 발달에 좋은 것으로 나타났는데…… 아빠와 함께하는 창의
  성 놀이에 이런 것도 있네요.

텔레비전 시청과 어린이교육

뉴질랜드헤럴드에 따르면 뉴질랜드 오타고 대학원은
72년과 73년 뉴질랜드 더니든에서 태어난
어린이 천 명 이상을 대상으로 5세~15세 사이의
텔레비전 시청습관을 조사한 결과 TV를 많이 볼 경우
대학을 졸업할 확률이 낮다고 보도되었습니다.
텔레비전 시청이 어린이들의 교육에 미치는
영향에 관한 연구는 광범위하게 이루어져 왔으나
어린이들의 TV시청이 청년기 학업에 미치는 영향까지를
연구 대상으로 한 것은 이번이 처음입니다.
이번 연구에서 얻은 결론은 어린이들의 TV시청시간을
줄이는 것이 학업에 좋다는 것입니다.

아이들 TV시청시간에 동화책을 읽어주고,
매미소리를 들으며 시원한 수박을 먹는 여름.
그 여름이 아이들을 알차게 키워주리라 믿습니다.
여름은 덥고 지루하지만
서늘한 가을은 여름이 키워내는 것입니다.
잠자리 날고, 매미 울고, 바다가 손짓하는 여름.
여름은 바로 예림 어머니들처럼 낭만적입니다.
바다는 하루에 70만 번 파도가 쳐서 깨끗해진다는
사실 아세요?

아빠와 함께하는 창의성 놀이

☆ 해바라기 무럭무럭

요실 장난감 중에 조그만 물뿌리개가 있다.
먼저 아이를 욕조 안에 웅크리게 한다.
아이가 해바라기씨가 되고 아빠가 아이에게
물뿌리개로 물을 뿌리면서 말을 하면 아이는
아빠가 하는 말을 그대로 행동으로 따라하는 놀이.
"봄이 됐어요. 해바라기씨에 물을 주니 싹이 텄어요."
(아이는 싹이 트는 동작을 그대로 표현)
"여름이 되어 무럭 무럭 자라네요."
(점점 일어서서 무럭무럭 자라는 흉내를 낸다)
"아, 꽃이 피려고 해요."(숙이고 있던 고개를 든다)
"물을 열심히 먹더니 꽃이 활짝 피었어요."
(두 손으로 얼굴을 받치며 미소 짓는다)
"찬바람이 부네요."(고개를 숙인다)
"잎이 모두 졌어요. 씨가 떨어져 땅으로 들어가요.
(다시 웅크리는 자세로 돌아온다)

* 자료: 서석진 씨의 "얘들아~ 아빠랑 놀자."
* 아빠와 함께 말하고, 춤추고 노래할 땐 창의성이 두 배로 오릅니다.

토란 이야기

저는 지나가다가도 토란을 보면
'아! 저기 토란이 있네!'
뒤돌아보고 또 돌아보며 가는 사람입니다.
토란잎을 너무나 좋아하거든요.
연꽃잎 같은 큰 잎이 얼마나 아름다운지!
꽃보다 더 가슴을 파고듭니다.
흙 속의 알, 토란(土卵)이 어찌나 매력적인지
유성 재래시장에서 물어물어 토란 한 상자를 샀답니다.
작은 밭에 땀 흘리며 심었습니다.
과연 그 넓적하고 멋진 토란잎을 볼 수 있을까
반신반의하면서……
그런데 이럴 수가……
어느 날 보니 뾰족하게 '나 여기 있어요!' 라고 말하며
흙 속에서 초록색 고개를 내밀고 있지 뭡니까!
어떤 녀석은 일찍 나와 씩씩하게 자라고 있고
또 어떤 녀석은 죽은 듯 잠잠하며 애태우더니 오늘에서야
싹을 쏘옥 내밀고 있었습니다.
생명(生命)이란 얼마나 강인한가!
새삼 놀라며 행복을 느낍니다.
죽지 않고 살아주어서 얼마나 고마운지!
밭에서 풀을 뽑아주며 저는 호미질을 할 때마다 똑—똑
떨어지는 땀방울에서 희열을 느끼곤 합니다.

그리고 풀의 그 강하디 강한 생명력에 몸서리치다 가도
내 마음의 뜨락에서 자라는 잡초도 뽑아내야지!
남을 용서하지 못하는 마음의 잡초.
뽑아야지! 결심하곤 합니다.
그리고 지렁이 몸을 본의 아니게 두 동강이 낸 행위에
죄책감을 느끼니까 과학자인 친구는
시인의 넘치는 감성이라며
지렁이는 스스로 몸을 끊어가며 산다고 얘기해 주더군요.
안심이 되었습니다.

가을

고개 숙인 수수목, 누렇게 익어가는
벼이삭, 밭과 논에 서 있는 허수아비에서
가을을 느끼게 되는 9월이 수채화 물감처럼
번져가고 있습니다.
가을엔 편지를 하겠어요.
누구라도 그대가 되어 받아주세요……
라는 고은 시인의 〈가을 편지〉라는 시(詩)가 떠오르는 시절.
반바지 차림으로 더위를 피하던
모습에서 이제는 먼―인생의 뒤안길에서
돌아와 거울 앞에 선 누이처럼
우리가 살아온 날들을
돌아보고 그 누구에겐가 한 통의 편지라도 써서
우체통에 넣어 보면 어떨까요?
아날로그적(的)이지만 E-mail로 보내는 것보다
가을에 더 어울리지 않을런지……
가을엔 이상하게 지난날들이 생각납니다.

9월의 여인

9월은 8월과는 다르게 사색할 수 있는 달입니다.
9월이 오는 소리
다시 들으면 꽃잎이 지는 소리, 꽃잎이 피는 소리.
가로수에 나뭇잎은 무성해도
우리들의 마음엔 낙엽이 지고……
사랑이 갈 때는
그 누구라고도 어디선가 날 부르는 당신 생각뿐……
패티 킴이라는 국민가수의 〈9월의 노래〉 가사입니다.
여름은 더위와 싸우느라(?) 생각할 겨를이 없었지만
여름내내 열어놓았던 창문을 닫으며
귀뚜라미 소리에 소스라쳐 놀라며 옛날
사진을 꺼내보는 여자의 마음.
피부도 상한 것 같고
한해도 넉 달밖에 안 남았고……
요리하고 남은 오이를 붙여 보아도
미혼 시절의 피부는 되찾을 수 없습니다.

저는 이런 아름다운 여성을 보았습니다.
지난 일요일—
예배를 보고 운전하고 나오는데 옆 차에 있는 젊은 청년이
제 차의 side back미러가 접혀 있다는 것이었습니다.
저는 놀라 당황했지요.

직진 신호가 밝혀졌으니 그냥 달릴 수밖에 없었습니다.
한참을 가다가 붉은 신호등이 켜지고 저는 옆에 서 있는
트럭기사님께 백미러를 펴줄 것을 부탁했습니다.
40대 여성기사였는데 그분은 차에서 내려 내 차의 백미러를
잘 펴주고 다시 트럭을 몰고 가는 것이었습니다.
청바지에 티셔츠 차림. 처녀 때는 참 고았을 얼굴.
이제는 통통해진 몸매.
나는 그 여인에게 손을 흔들며 고맙다 했고
그 여인도 손을 흔들며 웃으며 자기 갈 길을 갔습니다.
남의 난처한 입장을 몸소 고쳐준 그 배려는
그 여인을 참으로 아름답게 했습니다.
우리는 몸매 가꾸기 열풍에 너도 나도
다이어트 증후군에 사로잡혀 있습니다.
그러나 진정한 아름다움은 몸매도, 얼굴도 아닙니다.
사람의 가슴에 여운을 남기는 감동적 인간성,
그 인간성이 향기로 남는 것입니다.

시인(詩人)의 눈으로 볼 때는
착하고, 부지런하고, 알뜰하고
그러면서도 남에게 베풀 줄 알고
때로는 수줍게 시 한 편 낭송할 줄 아는 그런 여성이
꽃보다 아름답다고 생각합니다.

되바라지고, 예의범절도 모르고
허영심이 가득하고 남 잘되는 꼴 못보고
그런 순 심술 여자가 아무리 몸매 예쁘고 얼굴 예쁜들
그 누가 아름답다 하겠습니까?

9월입니다.
기차여행도 좋고, 버스 종점여행도 좋습니다.
한 번 나만의 시간 가져 보세요.
진짜 내가 보일 테니까요.

가을에는……

그 어느 해보다 더웠던 여름이
슬금슬금 물러나고
고개 숙인 수수목, 누렇게 익어가는
벼이삭, 밭과 논에 서 있는 허수아비에서
가을을 느끼게 되는 9월이 수채화 물감처럼
번져가고 있습니다.
가을엔 편지를 하겠어요.
누구라도 그대가 되어 받아주세요……
라는 고은 시인의 〈가을 편지〉라는 시(詩)가 떠오르는 시절.
반바지 차림으로 더위를 피하던
모습에서 이제는 먼―인생의 뒤안길에서
돌아와 거울 앞에 선 누이처럼
우리가 살아온 날들을
돌아보고 그 누구에겐가 한 통의 편지라도 써서
우체통에 넣어 보면 어떨까요?
아날로그적(的)이지만 E-mail로 보내는 것보다
가을에 더 어울리지 않을런지……
가을엔 이상하게 지난날들이 생각납니다.

* 아이들과 도서관, 박물관 순례해 주시기 바랍니다.

벼는 익을수록 고개를 숙인다

요즘 들녘에 나가면 누렇게 익어가는 벼이삭,
소금을 뿌려놓은 듯한 메밀꽃,
빨간 고추, 베어서 세워놓은 깻단, 누런 호박……
이런 것들이 도시에서 지친 가슴과 머리를 어루만져
흐뭇하게 해 줍니다.
자연은 하나님의 옷자락이라 했던가요?
자연만큼 위대한 스승은 없다 했지요?
삶의 두께가 더해 갈수록 자연만큼 위안이 되는 것은
없다라는 생각이 짙어집니다.
주변을 돌아보면……
사람이 많이 배우고 많이 지닐수록
교만해지는 사람들이 있기도 하지만
대부분 겸손해진다는 것을 느낍니다.
인생을 알면 알수록 겸허해져서 우리가 쌓아온 것들이
우리가 한 것이 아니라는 것을 깨닫게 됩니다.
자연 앞에 서면 우리가 얼마나 작은 존재인가도……
그런가 하면 어정쩡하게 잘못 배운 사람은
빈 수레가 요란하듯 항상 요란합니다.
해바라기도 씨가 여물면 고개를 숙이고,
수수목도 익을수록 고개를 숙이고, 벼이삭도 여물수록,
익을수록 고개를 숙입니다.
얄팍한 지식과 논리로 이웃을 비방하고 매도하는

설익은 사람은 없나 살펴봅니다.
시대에 따라 사라지는 속담이 많지만
벼는 익을수록 고개를 숙인다는 속담은
어느 시대에도 사라지지 않을 것입니다.
사람 설익은 것이 제일로 꼴불견인 것 같습니다.

가슴에 쓰는 책

마음이 허전할 때나 잃어 버린 젊음이 아쉬울 때
어떤 여성은 먹을 것을 찾기도 하고,
친구에게 전화를 걸어 수다(?)를 떨기도 하고,
안 입던 옷을 입어 보며 달라진 체형에 한숨짓기도 합니다.
장바구니 속에 시집 한 권 사서 넣어가지고 오는
9월의 여인은 위의 여성보다
한결 깊이가 있고 아름다울 듯합니다.
그렇지 않을까요?
시를 읽거나 신문을 보거나 낡은 잡지를 보거나……
활자를 따라가는 것은 영상을 따라가는 것보다
한결 지적입니다.
기품 있고 지적인 모습은 하루아침에 되는 것이 아닙니다.
저는 이렇게 생각합니다.
모든 어머니나 아버지는
아이들 가슴에 책을 쓰는 작가(作家)라고……
아이들 가슴에 어떤 것을 써서 물려주느냐?
그것은 부모의 지식보다 지혜에 달려 있을 것입니다.
아이들 가슴에 쓰는 책!
그 속에는 부모가 물려주는 귀중한 보물이 들어 있어
결코 그 누구도 빼앗아갈 수 없으며
부모님이 세상을 떠나신 뒤에도 없어지지 않습니다.
결국 가정교육이 그 책에 담겨 있는 것입니다.

이웃을 사랑하라! 자연을 사랑하라!
아름다운 삶을 살아라! 어른을 공경하라! 노력하라!
부자가 되려면 작은 돈을 아껴라.
저의 현재도 결국은 저의 부모님께서 가슴에
써주신 책의 내용에 지나지 않습니다.
좋은 책 많이 읽고 많이 쓰세요. 아이들 가슴에……

미운 사람, 고운 사람

단풍이 곱게 물들고 하나, 둘
낙엽이 지는 것을 보노라면
세월이 참 덧없다, 허무하다는 생각이
안 들 수가 없습니다.
아~~~~~ 벌써 한 해가 기우는구나!
탄식이 흘러나옵니다.
30대에는 30km로, 40대에는 40Km로……
이렇게 가속도가 시간에 붙는다고 합니다.
살다 보면 어떤 관계에서 삐거덕 거리게 되고
아니면 더 살뜰한 관계가 되어 행복을 누리게도 됩니다.
돌이켜 보면 참 미운 사람도 있었고
참으로 고운 사람도 있었지요?
떨어진 낙엽을 봐도 고운 빛깔의 낙엽도 있고
미운 색깔로 떨어진 잎사귀도 있습니다.
사람도 그 마음밭이 돌밭이면
고운 빛깔로 나이 들지 못하는 듯하고,
그 마음밭이 기름진 옥토면
아름다운 빛깔로 나이들 수 있는 듯합니다.
가만히 낙엽을 코에 대고 냄새를 맡아 봅니다.
향기가 있는 것도 있고
전혀 향기를 피우지 못하는 낙엽도 있습니다.
낙엽에서는 커피 냄새도 나고

이제는 잊어 버린
미운 사람 얼굴도 있고
고운 사람의 향기도 나는 듯합니다.
참! 10월의 마지막 밤 이용님의 〈잊혀진 계절〉을
조용조용 불러 보세요.
처녀 적 꿈이 되살아날지도 모릅니다.

하신리 음악회

지난 토요일 6시 저는 동학사 부근 학봉면에 사는
어떤 선생님의 초대로
음악회에 갔었습니다.
엄마는 공주 모중학교 국어선생님이시고
아빠는 회사원인 가정이었어요.
평소 호감을 갖고 살던 사람은 자주 만나게 되는지
드문드문 우연히 만난 두 사람.
남편은 섹소폰을 1년 배우고
여자는 첼로를 몇 년차 배우고 있다는 거였습니다.
비는 추적추적 가을을 재촉하며 내리는데
음악회에 초대받은 손님들은 우산을 쓰고
정원에서 음악에 취하고 여자들은 거실에서
음악과 장군봉 산자락에 반해 세월을 잠시 잊고 있었습니다.
아름다운 전원주택 몇 채가 도란도란 모여 사는 곳
옆집 할머니의 신청곡은 조용필 씨의 〈허공〉이었고
제 신청곡은 〈고엽〉이었으며
어떤 이는 윤시내 씨의 〈열애〉를 신청하였고
〈그 겨울의 찻집〉도 신청하였습니다.
부부가 늙어가면서 음을 맞추기가 어찌나 어렵던지!
그러나 그분들은 젊은 날의 미움 다 녹여내어 섹소폰 선율로
불어내고, 첼로 현에 씻어내고 있었습니다.

그 누구나 한 번은 거쳐야 하는 노년.
그 노년을 위해서라도 취미든 돈벌이든 그 무엇이든
열심히 해 보세요!
20대와 30, 40대를 열정적으로 살아야 50대 이후가
우아하고 품위 있어지지 않을까요.
품위란 남이 한다고 하지도, 남이 안 한다고 안 하지도
않을 때 생겨나는 것입니다.
우아하고 기품 있는 노신사, 노(老) 부인!
그 누가 봐도 참 잘 살아올 것 같은 느낌을 주는
품위 있는 노년을 향해 9월 한 달도
열심히 사시기 바랍니다.

사랑 부자

우리는 누구나 부자(富者)를 선망합니다.
저도 가끔은
'돈 걱정 없이 살 수 있다면 더 좋은 글을 쓰고, 여행 갈 수 있
고 음지에 사는 사람을 도울 수 있겠다.'
하는 생각을 합니다.
어려운 사람을 돕고 싶어도 도울 수 없을 때.
그때가 참 괴롭습니다.
폐휴지나 종이 박스 등을 주워 담고 걸어가시는
할머니 할아버지의 굽은 허리를 보면
'삶의 무게가 얼마나 무거운가!
눈물이 고입니다.
그런데 주변을 보면 천원도 남 돕는데 쓰지 않는 사람들은
아파트, 땅 사고팔아 금세 부자가 된 사람도
많은 것이 현실이니 한숨이 나오지요.
그러나 지상에서의 삶이 끝이 아니고
하늘에서의 삶이 있기에
남에게 베풀지 않고 자기만 잘 살아 보겠다는
사람의 삶은 위태롭고, 아름답지 않습니다.

주변에 사랑이 많은 사랑 부자를 만날 때는
괜시리 행복해지는 느낌이 듭니다.
사랑이 많아서 주변에 퍼주고, 떼주고, 헐어주는 사람.

그런 ‘사랑 부자’가 의외로 많습니다.
남의 아이까지 맡아 키워주는 분.
그런 분들이 계시기에 우리 아이들이 비록 나쁜 환경에
있다 하더라도 올곧게 자랄 수 있지 않을까요?
저는 남의 아이도 내 아이처럼 보살피는
사랑 부자가 많아져야
우리 사회가 아름다운 사회가 되리라 믿습니다.
어떤 탤런트가 여러분 부자 되세요!
라고 외치던 것처럼 사랑 부자 되세요!
라고 10월의 맑은 하늘 아래서 외쳐 봅니다.
사랑만큼 이자가 큰 것이 없답니다.

더도 덜도 말고 한가위만 같아라!

제가 어릴 적 추석이 되면
노란 갑사 치마저고리를 어머니께서
손수 만들어 주셨습니다.
어머니의 재봉틀 옆에서 예쁜 한복이 만들어지는 모양을 보며
어서 추석이 왔으면 좋겠다!
설레이던 날들이 옛 영화처럼 떠오릅니다.
둥근 달을 보며 소원을 빌었던 어린 시절.
지금은 추석 연휴가 긴 것이 안타깝습니다.
한국의 가을은 그야말로 한 폭의 수채화처럼 아름답습니다.
그 아름다움을 무엇으로 비교할 수 있을까요?
선물을 손에 든 친척들이 모여들고,
송편 찌는 냄새가 집안 가득하고……
어른들에게는 부담되는 명절일 수도 있지만
우리 아이들에게는 그야말로 신나는 명절입니다.
어릴 적 체험이 이 세상을 살아갈 힘! 힘입니다.
더도 말고, 덜도 말고 한가위만 같았으면!
행복한 연휴 보내세요.

농부의 마음으로

봄에 뿌린 것이 없으면 가을에 거둘 것이 없다고 했는데……
우리는 봄에 뿌린 설계를
과연 얼마나 땀흘리며 가꾸어 왔는가?
이 늦가을에 추수하는 농부의 마음으로 뒤돌아봅니다.
현재가 불행한 사람이 자주 뒤돌아본다 했던가요?
그러나 과거 없는 현재 없고,
현재 없는 미래가 있을 수 없기에
우리는 가끔 가던 길 멈추고 뒤돌아봐야 합니다.
내가 사랑한다!면서 먼저 등돌린 경우는 없었는지,
내가 용서한다!면서
또 증오의 불길을 태우고 있지는 않은지……
저도 일 년 농사 지은 농부의 마음으로 추수해 보니
말의 쭉정이도 있고, 행동의 쭉정이도 있습니다.
그래서 부끄러운 늦가을입니다.
사람들은 이렇게 곧잘 말합니다.
'시골에 가서 농사나 짓고 살까?
농사나 짓는다?
저는 이 말에 몹시 반감을 느끼는 사람 중의 한 사람입니다.
고구마를 심어놓고,
아! 내가 심은 고구마를 먹는다니
참 대견했습니다.
잎이 무성했으니 고구마 뿌리도

호박만은 안 해도 내 주먹만한 것이 자라고 있겠지?
설레는 마음으로 캐어 보니……
잎만 무성했지 고구마는 아기 손가락만한 뿌리로
저를 비웃고 있었습니다.
고구마 하나 제대로 키울 줄 모르는 저는
그날 이후 농부님들이 위대해 보였습니다.
다닥다닥 열린 감을 따다가 곶감을 만든다고 열심히 깎아
주렁주렁 매달아 놓았더니 툭툭 떨어져 버리고……
저는 마을 이장님 댁에 전화를 했습니다.
배워야 웰빙 식품도 먹을 테니까요.
 '아니, 곶감은 서리 맞은 다음에 따서 하는 거에요. 너무 일찍
땄어요.'
 무엇 하나 제대로 할려면 얼마나 많이 배워야 하는데
 '농사나 짓고 살까? 라니요.
깨 털고, 청국장 담그고, 무 뽑아 총각김치 담그고……
하루종일 들로, 산으로 다니시는 농부님들이 위대해 보이고
김치 한 조각, 곶감 하나, 고구마 하나, 사과 한 개
그 어느 것도 소중하지 않은 것 없는 늦가을입니다.
인간 농사꾼인 우리 교육자들도 아이들 마음밭에
어떤 씨앗을 뿌리고 어떻게 가꾸어 주었는지
뒤돌아봐야 할 11월입니다.
단풍이 물 항아리에 뚝—뚝 떨어져 내리는……

걸어가는 여인네의 어깨 위에도
세월이 뚝―뚝 떨어져 내리는……
진한 커피 같은 11월입니다.
자꾸만 누군가가 부르는 듯해서
뒤돌아보게 되는 11월입니다.

갈대와 억새

아— 으악새 슬피우는 가을인가요
하는 옛 노래가 있습니다.
여기서 으악새는 Bird가 아닙니다. 억새의 방언입니다.
억새풀이 바람결에 나부끼면서 내는 소리를
슬피운다고 했겠지요.
우리 어머니들은 갈대와 억새를 구별하실 수 있으신지?
비슷 비슷해서 갈대를 억새라고 하기도 하고
억새를 갈대라고 하기도 합니다.
갈대는 습지에 살고 억새는 들길에 사는 풀인데……
갈대는 하얀 솜털 같고 억새는 갈색……

☞ 갈대: 벼과의 다년초. 습지나 냇가에 흔히 숲을 이루어 자
       람. 줄기는 발, 삿갓, 삿자리 등을 만드는데 쓰이고
       뿌리는 한방에서 약재로 쓰임.
☞ 억새: 벼과의 다년초. 산이나 들에 절로 나며 황갈색의 이
       삭으로 된 꽃이 핌. 줄기와 잎은 지붕을 이는데 쓰임.

이번 주에는 갈대와
억새가 어우러져 장관인 곳을 소개해 드릴까요?
부여군에서 서동요(SBS드라마) 세트장을 지어준 곳을
(부여군 충화면 가화리 저수지)
향해 가다 보면 2m가 넘는 갈대밭이 있고

그 밭으로 지나가면 시(詩)가 있고
강물을 타고 오는 바람이 있습니다.
뚝길로는 하얀 억새가 손을 흔들며 반기고……
눈에 보이는 나무 모두가 붉게, 노랗게, 고동색으로 물들어
'아! 아름답다!' 하는 탄식이 나오는 이 만추!
마음에 맞는 친구와
종점여행(종점에서 바로 돌아오는 여행)이라도 해 보세요.
올해의 이 가을은 다시 오지 않습니다.
소녀 시절로 돌아가 은행잎에 편지도 써 보세요.
'♡♡아빠. 당신이 옆에 있어 나는 정말 행복해요.'
하는 러브레터도 써 보시고,
커피향을 맛보며 낭만적인 엄마가 되어 보세요.
그것이 잔소리만 늘어놓는
아내, 엄마보다 더 아름다운 역할일 수 있으니까……

절대로 쓸 수 없는 말이 절대!라는 말

우리는 살면서 거센 삶의 파도에 놀라 쓰러질 때도 있고
다시 일어나 이만하니 다행이다며
자기 스스로 위로하며 걸어갈 때가 있습니다.
언제가 저는 친구들에게 이렇게 말했습니다.
 '나는 절대로 차를 운전하지 않겠다고! 나라도 버스족으로
남겠다고……'
그러나 98년 가을날 저는 도저히 안되겠다 싶어
늦은 나이에 일사천리로 운전을 배웠고
한 번도 떨어지지 않고 합격, 면허증을 취득하였습니다.
우리는 때때로
절대로 나는 엄마처럼 살지는 않겠다고 다짐하던
처녀 시절이 있지 않았나요?
모든 것을 남편과 자식에게 바치고 늙어 가시는 친정어머니.
그 어머니의 늙으신 모습을 보면서, 쓸쓸함을 보면서
젊은 엄마인 여러분은 어쩌면
나는 저렇게 절대로 살지 않겠다고
다짐할 수도 있을 겁니다.
그러나……
'어느 날 먼―먼 삶의 뒤안길에서
이제는 돌아와 거울 앞에선 누이' 같은 꽃이 되어 나를 보면
거의 어머니와 비슷한 모습으로 서 있음을 보고
놀랄 수도 있습니다. 그것이 인생입니다.

이 깊어가는 가을날. 여인들은 헤매이게 됩니다.
저 또한 인생 추수해 보니 쭉정이만 남은 느낌이 듭니다.
알곡은 별로 없고 헛살은 듯 가슴에 동굴 하나 생깁니다.
그 동굴로 바람만 지나갑니다.
어느 날 젊던 그 어느 날
미용실에서 수다를 떠는 여인들을 보며
'저 사람들은 왜 부끄러움도 모르고 저렇게 집안 얘기까지
할까?
했는데…… 저도 어느 날 그렇게
수다를 떨고 싶은 충동을 느꼈습니다.
절대로 나는 그렇게 안 해!! 절대로 나는……
하지만 내 의지로 안 되는 일도
일어날 수 있는 것이 인생입니다.
그래서 지금 춥고 외롭고 목마른 이웃에게
우리는 친구가 되어야 합니다.
'절대 나는 그렇게는 안 살겠어' 했던 저도
이렇게 살고 있습니다.
하고 싶은 일이 있으면 그때 그때 하세요.
먹고 싶은 것이 있으면 그때 그때 먹고
그렇게 살아도 가을이 되면 겨울도 멀지 않답니다.

가을을 닮은 사람들

계절이 바뀔 때마다 우리는 사계절이 뚜렷한
한국에 살고 있음을 다행으로 여기게 됩니다.
그 무덥던 여름은 열매를 남기고 가고
가을은 온 천지에서 익은 열매를 갈무리하라라며 손짓합니다.
볼 것이 많았던 봄, 열매가 열던 여름.
그리고 가을은 온갖 곡식 다 거두어들여
갈무리해야 하는 계절로 얼마나 아름다운지요.
18세까지는 좋은 부모가 계셔야 하고
18세~35세까지는 좋은 외모,
35세~55세까지는 좋은 성격,
55세 이후는 돈이 있어야 멋진 삶을 살 수 있다고 합니다.
갈등도 있었고 눈물도 있었지만
그래도 오랜 세월 그 갈등을 이겨내고,
눈물도 흘려 버리며 살아온 넉넉한 표정의 사람들.
가을 들판에 서면 보랏빛 들국화며 주황빛 감,
붉게 익어가는 대추.
자연은 이토록 많은 것을 우리에게 주고 있으면서도
생색 한 번 내지 않고 있습니다.
사람들 중에는 봄같이 생기 넘치는 사람도 있고,
여름같이 뜨거운 사람도 있고,
가을같이 이웃에게 많은 것을 안겨주고도
푸근하게 웃고 있는 사람도 있습니다.

커피가 어울릴 듯한 사람.

와인이 잘 어울릴 듯한 사람.

익은 사람이 되려면 세월의 가르침을 받아야 할 것입니다.

세월의 레슨을……

♥상주 MBC 가요 콘서트 공연장에서 아이들이 압사했다는 슬픈 소식이 있습니다.

줄서기만 했더라도 그런 비극은 막을 수 있었을 것이라고 합니다.

아이들에게 셋만 모이면 줄서는 습관을 길러주세요.

♥편지쓰기에 적절한 계절입니다.

멀리 사시는 부모님, 친구에게 E-mail 말고 우표를 붙여서 보내는 편지를 보내 보세요.

감동 감동이 밀려올 것입니다.

풀밭 같은 사람, 돌밭 같은 사람

떨어지는 낙엽을 보며 '낙엽이 가는 길'을 생각합니다.
곱게 물든 낙엽들이 가는 길은 바로 흙으로 가는 길이며
자기들이 떠나온 나무에게 영양을 주는 길입니다.

우리는 과연 어떤 길을 가고 있을까?

내 아내,
내 남편,
내 아이,
내 이웃에게,
내 부모에게,
과연 나는 어떤 가슴을 내주었는가?
풀밭 같은 가슴에서 그들을 쉬게 해 주었는가?
돌밭 같은 가슴을 내주어 힘들게 했는가?
나무 밑에 가면 우리는 쉴 수 있었고,
조용히 명상에 잠길 수가 있었으며,
꽃향기를 맡을 수 있었고,
열매를 딸 수 있었습니다.
나무는 아낌없이 우리에게 주면서
아무런 불평도 없는데……
우리는 작게 도와주고도 크게 생색을 낸 듯합니다.
얼마나 부끄러운지!

사랑한다면서도 따지고, 계산하는데 급급했던
돌밭이면서 풀밭 같은 사람으로 착각하는 것이
바로 우리 보통사람인가 봅니다.

조용히 나뭇잎을 뚝뚝 떨어뜨리고 있는
가을 나무 아래에서
부끄러워지는 11월입니다.

나훈아 쇼에서 건진 한 마디

추석 특집인지 MBC 개국 특집인지 잘 모르겠지만
어느 날 TV를 켜니 하얗게 센 머리카락을 하나로 묶은
훈아 오빠(?)가 열창하는 모습이 눈에 들어왔습니다.
제가 아나운서로 일하던 20대에 인터뷰한 적이 있는데……
그때는 산적 두목(?) 아니 뱃사람(?) 같았는데
세월은 그를 멋진 오빠로 만들어 준 듯 보였습니다.
노래를 잘하는 사람, 참 멋집니다.
그래도 저는 훈아 오빠! 하며
좋아하는 순진한 여자는 아니어서
왜 그리 좋아할까? 하는 측이었는데……
그날 많은 여성들의 표정과
열창하며 땀 흘리는 하얀 머리칼의 가수를 보며
오래 오래 사랑받는 데는 다 이유가 있다고 생각했습니다.
가수든, 영화배우든 유치원교사든, 원장이든
오래 오래 사랑받으려면 자기관리도 잘 해야 하고 혼을 다해
그 일에 종사해야 하는 것임을 다시 느꼈습니다.
그날 그가 한 말에 이런 말이 있었습니다.
어른을 공경하지 않으면 안 된다!
우리가 어린 시절 자전거를 탈 때 뒤에서 아버지나 어른이
밀어주고 지켜본다고 생각하며 비틀비틀 자전거를 탔듯이
우리는 우리를 뒤에서 지켜봐주는 어른을
가볍게 생각해서는 안 된다는 내용이었습니다.

그렇습니다.

어른이 세상을 뜨면

움직이는 도서관 하나가 없어진 것과 같다는 말처럼

우리 어른들의 지혜는 젊은이가 결코 가질 수 없는

'세월의 선물' 이기에 어른들을 함부로 대하고 업신여기는

그런 젊은이들이 없어야 한다고 믿습니다.

할아버지, 할머니께 대들어도

웃으며 지켜보는 젊은 부모가 있다면

꼬박꼬박 말대꾸하며 부모를,

동네 어른을 가르치려는 젊은이가 있다면

훗날 그 사람이 늙었을 때 그런 일을 겪어도

별로 안타까운 일은 아닐 것입니다.

아이들은 엄마, 아빠를 보고 배우니까요.

장밋빛 인생

그 누구나 장미처럼 아름다운 인생을 살고 싶어합니다.
많은 사람들은 장미를 좋아하지만……
저는 장미는 별로 좋아하지 않습니다.
왜냐하면 가시가 있기 때문이지요.
장미 가시에 찔려 죽은 시인도 있습니다.
모든 것은 양면이 있기 마련이지만
저는 장미의 그 도도한 아름다움과
가시의 날카로움 그 양면성이 함께 있는 꽃이기에
장미는 왠지 꺼려 합니다.
〈장밋빛 인생〉이라는 샹송을 20대에 즐겨 들었는데……
요즘에 탤런트 최모씨가 나오는 〈장밋빛 인생〉이라는
드라마를 열심히 보았습니다.
그녀는 자기의 이혼, 두 아이 등등
자기 상황과 비슷한 드라마에
신들린 듯 몰입하여 시청률 40%까지 끌어올렸다 합니다.
마지막회에서 맹순이라는 여인은
남편의 휴대 전화에 이렇게 고백합니다.
사랑한다!고. 한 번도 해 본 적 없이 늘 싸우고, 치고 박던
원수끼리의 권투시합같던 결혼생활이었지만……
아내가 죽게 되었다는 것을 알고
집으로 다시 돌아와 지고지순한 사랑을 보인 남편.
왜 우리는 잃어 버린 후에야 참다운 인식을 찾는 것일까요?

극중 대사 중 부부는 원수가 만난다.
이불만 덮는 것이 아니라 과거도 덮고,
상처도 덮어야 한다 등등
매력적인 대사가 제법 많습니다.
장미만이 아름다운 것은 아닙니다.
백합 같은 인생이 더 아름다울 수 있으며
한 포기 들꽃 같은 인생도 훌륭할 수 있습니다.

겨울

겨울은 봄을 잉태하고 있습니다.
흰 눈으로 덮인 산야는
침묵하고 있는 듯하지만……
겨울은
봄을 잉태하고, 키워가고 있습니다.
멀지않아
얼어 있던 산과 강에 마을처럼
봄을 출산해 놓을 겨울.
겨울은 봄을 키우고 있습니다.
침묵 속에서 많은 말을 들려주고 있습니다.

떠나 보면 보인다, 알게 된다

제가 살던 동네가 좀 번잡스러운 곳이어서
참 싫다고 생각하며 살았습니다.
그러다가 경제적 이유로 집을 옮기고 나니
살던 동네의 나무 빛깔이며
동네사람들의 온화한 인심 등이
사무치게 그리워지는 거였습니다.
참다운 인식은 잃어 버린 후에야 온다고 했던가요?
부모님이 돌아가시고 나서야
부모님의 사랑을 뒤늦게 깨닫고,
젊음이 스러진 후에야
젊음이 얼마나 찬란한가를 깨닫고……
내 처소를 떠나 봐야, 내 직장을 떠나 봐야
그곳의 진가를 깨닫게 됩니다.

우리는 곁에 있을 때는 친구의 소중함도 모릅니다.
그러다가 그가 떠나고 나면 좀 더 잘해 주었더라면!
하고 후회합니다.

12월입니다.
12월은 한해의 종점이 아니고
2006년의 시발점이라고 생각합니다.
새해를 준비하는 달 12월.

우리는 선물을 받으면 무척 기뻐합니다.
그러면서도 현재라는 선물을 주신 신(神)께
감사할 줄을 모릅니다.
현재(present) = 선물(present)
현재에 충실하는 것이 아마도
가장 아름답게 사는 길일 것입니다.
무엇이든 그때 그때 하세요! 내일로 미루지 마시고……
물론 더 잘 살게 되면 해야 하는 것도 있지만
비용이 조금 드는 것이라면 그때 그때 하고,
누리는 것이 지혜로운 삶이 아닐까 생각합니다.
오늘이 지나면, 떠나가면 압니다. 얼마나 소중했던가를!

마음의 상처

어느 날 망치로 못을 박다가 그만
검지손가락을 내리치고 말았습니다.
너무나 아파서 비명을 지를 수조차 없었습니다.
그런데 못을 박기 전 망치를 들고 잠시
어쩌면 내가 다칠지도 모른다는 생각을 했었는데
그만 그 예측이 맞은 것입니다.
그 상처를 밴드로 싸매고 다니며
물이 안 들어가게 조심조심 했더니
2주째 되는 날 보니 신기하게도 아물어 있고
멍도 가셔가고 있었습니다.
지금도 그 다쳤던 검지손가락을 보며 이런 생각을 합니다.
육체적인 상처는 시간이 가면 자연스레 아무는데
마음의 상처는 아문 듯하다가도 또다시 아파오고
또 더 큰 상처가 되니
몸보다 마음의 상처가 더 문제라는 생각을……
혹여 우리 아이들, 가족들, 동료들에게
씻을 수 없는 상처, 아물 수 없는 상처를 준 적은 없었던가?
돌아보는 12월이었으면! 합니다.
그 사람이 고칠 수 없는 부분을 고치라고
요구한 적은 없었을까?
희망을 안겨주기보다 좌절을 안겨주지는 않았던가?
이래저래 착잡한 12월입니다.

내일이면 집 지으리

티벳에는
'내일이면 집 지리' 라는
새가 있다고 합니다.
이 새는 날씨가 따뜻한 낮에는
실컷 놀다가 기온이 떨어지는 밤이 되면
'추위에 떨며 내일은 꼭 집을 지어야지.'
하고 다짐합니다.
그러나……
다시 날이 밝으면 어제의 다짐은
까맣게 잊어 버리고
다시 예전처럼 놀기에 여념이 없다는 것입니다.

저도 바로 이 새와 같았습니다.
내일엔 꼭 해야지! 해야지 하고
다짐했지만 미루다 보니 끝내
못하고 만 것들이 몇 가지 있습니다.
여러분은 어떠신지요?
여러분들은 내일이면 집 지리 라는
새가 되지 말고 오늘 지금!!
집을 짓기 위해 벽돌 한 장이라도
준비하는 사람이 되시기 바랍니다.

붕어빵 굽는 청년

요즘 간식거리로 싸고 맛있는 것 중에 붕어빵이 있습니다.
저희 집 강아지도 붕어빵을
우리 모르게 감추어두고 조금씩 아껴 먹습니다.
저도 가끔 향수 음식이라 사서 추억을 먹곤 하지요.
저희 집 부근에 붕어빵 굽는 청년이 있는데……
어느 날부터인가 그 포장마차(?)는 끈으로 묶여 있고
그 길목을 지나노라면 왠지
서늘한 바람이 지나가는 느낌이었습니다.
왜 안 나왔을까? 어디가 아픈가?
매일 매일 걱정이었지요.
그러다가 어느 날 퇴근길에 보니 불이 켜져 있고
그 자그마한 청년은 혼자 서서 붕어빵을 굽고 있었습니다.
와락 반가워 차를 세우고 가서 물었지요.
"아팠어요?"
"예 많이 아팠어요."
안경을 낀 그 20대 청년은 정말 힘들어 보였고
저는 싸아 아파오는 가슴에 붕어빵 2천원 어치를 안고 돌아와
한 마리, 두 마리, 먹으며 삶을 생각해 보았습니다.
하루 온 종일 구워 팔아도 25,000원 정도 번다는 붕어빵 청년.
왜 삶은 착하고 성실한 사람에게 더 가혹한 것일까?
넉넉하다면 도와주고 싶은데……
혹여 간식을 해야 한다면 붕어빵을 사서 먹어 보세요.

그 속에 단팥도 있고 잊어 버린 우리의 추억도 들어 있습니다.
우리의 꿈나무들을 붕어빵처럼 찍어낸 듯
똑같은 정서를 가진 획일화된 아이들로 키우지 말고
창의성이 있고 개성이 뚜렷한 아이들로
자랄 수 있게 지도해야 합니다.

때때로 우리 엄마들도 방학을 하고 싶다

요즘 등이 몹시 아파 재활의학과에 다니는데
삶의 무게가 짓눌렀는지 등이 많이 굽어 뭉쳐 있다며
치료사들이 놀랍니다.
어떻게 이렇게까지 그냥 두었느냐는 것이지요.
텔레비전 배경음악으로
'다시 가라 하면 못가네' 하는 노래가 있었습니다.
삶이란 만만치가 않고 호락호락하지 않아서 한때
165cm를 자랑하던 늘씬한(?) 키가 163cm으로 줄었고
숱 많던 머리카락은 많이 성글어졌습니다.
이렇게 세월은 사람을 변모시킵니다.
한시절 빼어난 연기력과 미모를 뽐내던
배우도 늙으면 초라해 보입니다.
안 그렇던가요?
20대, 30대 여성은 한 떨기 모란꽃, 수선화 같지만
세월이 흐르면서 한 송이 국화꽃으로 변해갑니다.

물리치료실 침상에 누워
아이 보리색 커튼을 치고 다른 생각 다 몰아내고
내 몸의 소리에만 귀를 기울이노라면
조용히 눈물이 흐릅니다.
왜 젊은 날에는 몸의 소리는 안 듣고
그저 달려오기만 했을까?

내가 지기에는 무거운 짐도 지고 괜찮다. 괜찮다 하면서……
'모든 사람을 다 끌어안고 가려 했는가?
하는 후회도 듭니다.
우리 엄마들도
때때로 방학을 가져야 합니다. 늙어 후회 말고……
엄마로써, 아내로써
단 하루라도 혼자만의 따스한 시간 가져 봐야 합니다.
재활의학과 물리치료실에 가면
착하고 예쁜 치료사가 있고 유순한 의사선생이 있습니다.
5천원 정도 내면 내 몸을 우대할 수 있는 곳.
때때로 허리 아픈 엄마, 어깨 아픈 엄마
오천원짜리 행복 느껴 보세요!
제게는 그곳에서 한 시간 정도 치료받는 시간이 방학입니다.
새해에는 기분 나쁜 일보다
기분 좋은 일이 더 많으시길 빕니다.

우리 아이들만이 희망인 세상

요즘 신문을 보거나 방송을 보면
남 잘되는 꼴(?)을 못보는 것이 상식인 사람들이
꽤 많다는 사실을 알게 됩니다.
잘되면 우리도 함께 잘되는 경우임에도 넘어뜨리고
웃어 버리는 사람도 있으니……
눈길에서 미끄러진 사람의 아픔이나 수치심은
전혀 아랑곳 않는 사람들.
그런 추한 어른들 속에서 우리 유치원 아이들은
서로 나눠 먹고, 서로 일으켜 세워주면서
삶의 기본을 배워갑니다.
팔천 몇 백억원 상속녀가 평민과의 결혼을 반대하는
부모에게 자살이라는 극단적인 카드로 못을 박는 세상.
유명 여배우가 우울증으로 목숨을 끊어 버린 세상.
주변을 살펴보면 우울증을 앓거나 가벼운 우울감에
시달리는 사람들이 많은 요즘입니다.
내가 많이 가졌으면 춥고 배고픈 이에게 나눠줄 수 있고
슬프고 외로운 이에게 따스한 축복의 말을 건넬 수 있다면!
우리는 그저 앞만 보고 달려가는
어글리 코리안은 아닌지……
불행한 사람을 위해 눈물을 흘릴 줄 모른다면
그가 아무리 재산이 많다 하더라도, 명예가 있다 하더라도
아무것도 없어 노숙하는

영혼의 노숙자와 다르지 않다고 봅니다.
삶에 지치고, 사람에 상처받은 눈으로 봐도
우리 아이들만이 희망입니다.
우리 아이들은 사악한 마음으로 사람을 상처주지도 않고,
그저 사랑만 주면 쑥쑥 크는 나무와 같습니다.
이런 성스러운 존재, 신비로운 존재에게 그늘이 지지 않도록
축복해 주시기 바랍니다.

'너는 장래 좋은 의사가 될거야.'
'너는 장래 좋은 변호사가 될거야.' 보다
'좋은 사람 될거야.' 라는 말의 씨앗을 심어줘야 합니다.
엄마, 아빠가 행복해야 아이들이 행복할 수 있습니다.
우리 아이들이 어른이 되었을 때.
그때의 세상은 더욱 밝고 아름다울 수 있도록
'예쁜 마음' 을 지니게 노력해야겠습니다.

행복이 사는 곳

어느새 1월도 다 가고 있습니다.
한해의 1/12이 지나가고 있는 것이지요.
1월 1일 '새해 복 많이 받으세요!' 인사가 오고 갔는데
음력 설날이 다가오니까 또 복 많이 받으세요.
덕담이 오고갑니다.
음력으로 1월 1일이 되어야 비로소 병술년,
개띠 해가 되는 것입니다.
복이란 무엇일까?
저도 가끔 복 많은 사람이 부럽습니다.
부모 복, 남편 복, 자식 복, 처 복, 형제 복 등……
복(福)을 파는 백화점은 없고
어떻게 해야 복이 많아지는 것일까요?

저는 복은 타고나는 것이다라는 말에도 고개를 끄덕이고,
노력하는 사람에게 찾아오는 것이다라는 말에도
수긍의 끄덕임을 합니다.
행복들이 어느 날 모여 회의를 했습니다.
사람들은 잘 잃어 버리곤 하니 행복을 어디다 감추어 둘까?
결론은 가슴 속에 감추어 두라는 것이었습니다.
그 사람 가슴 속에 감추어 두면
잃어 버리지 않을 것이라는 의견이었지요.
내 가슴 속에 행복이 살고 있습니다.

일체유심조(一切維心造),
모든 것은 마음먹기에 달려 있습니다.
남편 때문에, 시부모 때문에,
누구 때문에 힘든 분이 계시다면
마음의 창을 열고 공기를 바꿔 보세요.
그리고 보다 넓은 마음으로 미운 사람을 이해하면서
설날을 행복하게 보내시기 바랍니다.
모든 복을 다 갖춘 사람은 결코 없습니다.
지금 내 곁에 아이가 있고, 친구가 있고 건강만 하다면
행복의 필요조건은 갖춘 셈입니다.
설 연휴를 설설(?) 끓는 사랑과 이해로 행복하시길 빕니다.

복권에 대하여

요즘 우리가 서로 나눈 덕담 중에
'복 많이 받으세요!'가 있습니다.
복을 많이 받기 위하여 어떻게 해야 하는지
우리는 결코 모르지 않습니다.
마음의 뜨락을 깨끗이 하고,
남을 배려하고, 생업에 충실하고……
신문을 보면 가끔
복권에 당첨된 사람들의 이야기가 실려 있습니다.
몇 십억을 받아 탕진하고 불행해졌다는 이야기도 있고
좋은 일에 쾌척했다는 이야기도 있었습니다.
제 친구 아버지께서는 평생 공직생활하시다가 은퇴하신 후에도
책을 가까이 하시며, 운동도 부지런히 하시며
고즈넉하게 사시는데……
80 넘은 노인이신데도 가끔 자식들은
부모님의 경제적 도움을 목말라 할 때가 있습니다.
이럴 때 조금만 도와주시면 얼마나 좋을까?
그럴 때마다 돌아오는 대답은 대학교육까지 시켰으면 됐지
뭘 더 바라는가? 랍니다. 그래도……
'복권을 샀다. 당첨되면 도와줄게. 기다려라.'
하신다는 우스갯소리를 듣고 자괴감이 들었습니다.
내게 복권 같은 존재는 딸이었고
그 외에 어떤 사람이 있었나?

돌아보면 늘 언니 같은 지혜로운 친구가
복권 같은 존재였음을 깨달았습니다.
나도 그 누구에겐가 복권 같은 존재가 되어야 하는데
아직은 그런 존재가 되었는지 확인을 못했습니다.
저도 어쩌다가 복권을 몇 장 사 봅니다.
만원어치 샀다가 오천원 당첨된 것이 큰 행운이었습니다.
설에서 보름 사이 겨울이 지루해지는 2월.
봄을 기다리며, 우리 인생의 봄을 기다리며
여러분께 복권 한 장씩을 선물로 드립니다.
행운이 깃들기를!

오빠

저는 오빠가 없는 오 남매 중의 장녀인지라
오빠 있는 친구들이 참 부러웠습니다.
지금 우리 아이(딸 하나)도
오빠 있는 친구들을 몹시 부러워합니다.
그런데……
요즘 20대 여성들은 연인을 오빠라 부르곤 해서
저 같은 사람은 참 혼란스럽습니다.
오빠!
왜 '그이' 라던가 '그분' 이라던가 하지 않고
오빠라 부르는지 잘 모르겠습니다.
자기 남편을 아빠라 부르는 여인들도 있었는데(1900년대)
지금은(2000년대) 오빠라 하니……
아빠도 적절한 말이 아니고
오빠도 더더욱 부적절한 호칭이지요.
늘 든든한 존재라 오빠라 할까요?
요즘 아이들 중에
남자아이들의 젠더(성)가 약하고 여성성은 강해졌습니다.
그래서 여자아이들은 여간해서도 안 울고
남자아이들은 자주 우는 것을 봅니다.
여성이 성하는 시대,
하지만 남성도 강하게 키워져야
사회가 더 아름답게 조화를 이루리라 믿습니다.

제가 아나운서 출신이라 그런지 바른말, 고운말을
아이들에게 쓰게 하려 합니다.
연인을 오빠라 부르는 것은 우스운 일입니다.

우리 주변에서 듣는 영어-외래어

영어, 영어 온통 영어를 배우는 열정으로
나라가 마을이 뜨겁습니다.
우리가 흔히 쓰는 영어에 대해 짚어 봅니다.
칩 → 감자를 얇게 썰어 튀긴 것.
다양한 종류의 과자를 뜻하기도 합니다.
(짱구과자, 스윙칩 등)
쿠키 → 짭짤하지 않고 달며 구워 만든 것.
기름에 튀긴 것은 쿠키가 아닙니다.
비스킷 → 달지 않으며 맛이 단조롭고 건조합니다.(건빵)
우리가 흔히 쓰는 수퍼마켓은
백화점의 지하 코너와 같은 큰 식품점을 말하며
작은 가게들은 컨비니언스스토어,
코너스토어라고 합니다.
맥주를 마시는 곳은 bar pub이라 하고
유리로 만든 것은 글라스 그것이 아니면 컵.
손잡이가 있는 것은 머그라 하지요.
egg fry라는 말은 틀린 것입니다.
fried egg라 해야 맞지요.
흔히 쓰는 더치페이는 틀린 말이고
go dutch(고 덧치)가 맞습니다.
너무 취했을 때 오바이트라는 말 쓰지 마세요.
throw up, vomit 라 해야 맞습니다.

영어만 잘해도 얼마나 좋겠냐며 영어는 어려워요!
하는 사람이 많습니다.
하나 하나 배워서 우리도 외국인과 대화하며
웃을 수 있는 실력을 이 가을에 길러 볼까요?

아름다운 눈

아름다운 눈이란 크기에 달려 있지 않습니다.
아름다운 눈이란 눈 색깔(검든, 푸르든, 갈색이든……)에
달려 있지도 않습니다.
안경을 썼든 안 썼든 그것과도 무관합니다
아름다운 눈이란
사물에 깃들어 있는 정신을 보는 것이고
사람에게서 풍겨져 나오는
향기를 맡을 수 있는 눈일 것입니다.
아름다운 눈은 아름다움을 발견하고, 감동하는 눈입니다.
사실 아름다운 눈은
아이들처럼 천진하지 않으면 가질 수 없듯이 말입니다.
가엾은 영혼을 어루만지는 눈,
나무라지 않고 미소짓는 눈,
따스한 마음이 깃들어 있는 눈,
책을 많이 읽는 눈,
그 눈이 아름답다는 것을 모르는 사람은……
거의 없습니다.

이럴 때 눈물이 흐른다

아이들의 웃음소리가 물방울처럼 통통 튈 때.
등굽은 할아버지, 할머니께서 폐휴지를 줍고 계실 때.
늙은 게 유세냐며 나이어린 여자가 노인에게 대드는 것을 볼 때.
앵두 같던 입술이 핏기를 잃어가고
사슴처럼 늘씬하던 몸매가
둥글둥글해져 감을 남들이 알아차리고 놀랄 때.
'아이구, 언제 그렇게 늙었어?' 라며. 호들갑을 떨 때.
오래 전 친구가 암으로 세상을 떠나면서
'이제 잘 살아!' 라는 전화를 해 왔을 때.
아이들을 함부로 대하는 어른의
날카로운 목소리와 눈매를 듣고, 볼 때.
신문을 읽는데 사마리아의 착한 사람처럼 남을 위해
죽은 의인들 기사가 났을 때.
이제는 기억도 희미한 옛사람들이 떠오를 때.
내 곁을 떠났던 사람들이 더 잘되어 돌아올 때.
이럴 때 눈물이 흐릅니다.

행복해지는 습관

화 잘 낸다고 나무라지 마세요.
일 때문에 피곤하고 신경이 예민하면 그럴 수도 있잖아요.

늘상 늦는다고 수군거리지 마세요.
일이 많아 바쁘고 전화 통화를 하다 보면 그럴 수도 있잖아요.
설사 한가했더라도 시계를 보지 않다가 그럴 수도 있잖아요.

욕심이 많다고 욕하지 마세요.
매번 다른 사람 생각을 미처 못하다 보니 그럴 수도 있잖아요.

무식하여 아무것도 모른다고 멸시하지 마세요.
배울 수 있는 길이 제한되어 못 배웠으니 그럴 수도 있잖아요.

인색하고 없다고 미워하지 마세요.
경제에 시달릴 때를 염려하여 절제하다 보니 그럴 수도 있잖
아요.

우리 이해하기로 해요.
내가 나를 싸매고 가리고 변호하듯
그럴 수도 있다는 생각을 언제나 하기로 해요.
마음에 늘 평안이 있어요.
세상 사는 것이 재미있어져요.
오나 가나 즐겁고 감사하기만 해요.

왜! 왜! 왜냐고 따지지 마세요.

불행해져요. 미움이 생겨요.

친구가 없어요. 세상이 캄캄하고 싫어지게 되요.

세상만사는 모두 이유가 있기 마련이지요.

그럴 수도 있지! 이해하는 습관은 행복을 만드는 신호랍니다.

엄마라는 이름으로…… 2

건축가 H씨가 들려준 얘기가 가슴을 흔듭니다.
집에서 키우던 개가 새끼를 다섯 마리를 낳았었다고.
다섯 마리를 다 키울 수가 없어
어미 개만 남기고 다른 집으로 분양했다고.
그런데……
강아지들을 싣고 차가 떠나자
미친 듯이 마당을 뱅뱅 돌던 어미 개가
어느 순간 턱 넘어져 숨이 끊어졌노라고.
원숭이 얘기가 떠올랐습니다.
어미 원숭이에게서 데려다 새끼 원숭이를 배에 싣고
강을 건너가면 어미 원숭이가 계속
강기슭을 따라오다가 죽게 되고
그 원숭이의 배를 갈라 보면
창자가 마디마디 다 끊어져 있다는 얘기.
짐승도 엄마라는 이름을 가지면 이렇습니다.
하물며 인간은……
그런데도 사람들 중에 자식을 버리고
사랑을 따라서 가는 엄마도 있고,
자식에게 치유할 수 없는 상처를 안겨주고
몇 십 년이 흐른 후
'내가 엄마다' 라며 찾는 엄마도 있다고 합니다.
어떤 경우에도 엄마라는 이름으로 사는 여성들은

아이들에게 횡포를 부려서도 안 되고,
함부로 살아서도 안 됩니다. 경건하게 살아야 합니다.
남녀 간의 사랑은 변하지만
엄마의 사랑은 변할 수 없습니다.
신이 도처에 계실 수 없어 엄마를 만들었다지 않는가요.
엄마라는 단어를 입 속으로 뇌는 순간 눈물이 고입니다.
희생적인 엄마? 독선적인 엄마?
엄마라는 이름으로 이기적인 엄마가 아닌
멘토가 되는, 삶의 스승이 되는 엄마가 되어야 할 것입니다.
진정 그래야 합니다.